只把背影与
群山万壑留下

佟本正

2016—2017

黑龙江人民出版社

目录

辑一

3 想法 之一
4 想法 之二
5 想法 之三
6 一 念
8 一个隐喻
10 听 雪
11 喝 茶
12 深夜,我还睁着的眼睛
13 随 想
15 流 浪
17 在夜幕下穿行
18 我的书桌
20 角 落
22 变形记
23 一点点

25　在城市中穿行

27　跑　步

29　醒　来

30　天　籁

32　书斋看雪

33　体　验

35　福　分

37　献　诗

39　笑一下

40　流水账

43　风起处

45　风吹过

47　与风对话

50　茶

52　在茶水里舔了舔自己的羽毛

53　隐居在一片湖光山色里

辑二

63　境　界

65　偶　然

67　紫丁香

69　向日葵

71　山坡上的野花

72　九月菊

74　致敬树叶

75　云

76　下雨啦

78　咏物帖

80　朽木赋

81　语　言

83　肖像画

84　花开了

86　一条普通的街道

88　一个普通的上午

91　一副眼镜的现实

93　农民工在墙角和树荫下的午睡

95　我只想能有列不太快的火车
　　从边境线开出

98　长假里的故乡和祖国

99　边境线

101　一碗馄饨

102　书法家

104　过年帖 之一

106 过年帖 之二
108 过年帖 之三
110 过年帖 之四
112 过年帖 之五
113 过年帖 之六
115 过年帖 之七
117 母亲节
118 脑血栓的父亲
120 一滴水
121 告 别
123 尽 头
124 骨 头
125 祭 祖
127 光 芒

辑三

137 宁 夏
138 海 南
139 大戈壁
141 新疆表情
143 写意天山

145　库尔勒

147　罗布泊沙漠

149　喀纳斯

151　在白哈巴吃羊肉

153　鸡　西

155　故　乡

157　兴凯湖 之一

159　兴凯湖 之二

161　兴凯湖 之三

163　兴凯湖 之四

164　兴凯湖的鸟

165　到兴凯湖来看海

167　邂逅梅花鹿

169　在一个叫亮鲜的村里听蛙鸣

171　裴德小镇

173　珍宝岛

174　乌苏里江

176　中央大街

178　哈尔滨大剧院

180　哈尔滨薰衣草庄园

181　吊水壶的水

183　在二龙湖边安个家

185　三十年
186　重回校园

辑四

197　黑土地
199　在黑土地的深处呼吸
201　春天来了
203　在春天里
205　思　念
206　花的速写
207　哈尔滨的早市
209　春天只在早市上叫卖
211　端　午
212　这一刻
214　蓝　问
217　采摘小记
219　鸟　鸣
220　果子熟了
222　秋　色
223　五花山
225　落叶之一

227　落叶 之二
229　小院里的红叶
231　一朵牵牛花的秋天
233　飘　落
235　咬　秋
236　大　雪
237　梵呗清音
　　　——听琼英卓玛诵唱《大悲咒》
239　大悲咒
241　心　经
243　如是我闻
244　阅读杨简
245　在微信里看王仁华的画

辑五

255　用泪水把一个名字擦亮
　　　——谨以此诗献给英勇牺牲的邰忠利烈士

多余的话

辑一

想法 之一

让春天从四面八方
把我淹没，是死是活
我都愿意待在梨花深处
在梨花的白色里吟诗作画
每天不吃不喝
只靠嗅嗅她的花香活着
死了，我就坐在她的阴影里
和萦绕的灵魂
对话

因为这个想法
我想好好地修行
彻底改变自己，纯洁自己
以便能轻易地走进花的世界
在春天里绽放并幸福地
自生自灭

想法 之二

我想用诗把生命充满
只用白天和夜晚的光线来喂养

我想把肉体妖艳地绽放
站在地狱的门口充满蛊惑

我想把思想都做成草料
在四季的风景里打马奔跑

我想隐居在一粒尘土里
无论花开花落不再忧伤

想法 之三

下雨了
我把自己舒展成一片绿色

天晴了
把思想掏出来晾了又晾

写诗的时候
我栽种自己和田野一块去疯长

收获了
只不过是把自己刨出来再欣赏欣赏

如一株谦卑的植物健康地活着
无忧无虑 不思不想

一念

掐死。或者赶回身体
让所有的想法和念头回巢
一念之间。何谈忠诚
哪个不是身在曹营心在汉
谈一谈千军万马的奔袭
踏碎了千山万壑与日夜早晚
乱射的箭镞拼凑成
一个又一个王朝的脸
无须驱赶
又在日夜驱赶

招魂术。一次又一次地失灵
乱蝇飞渡,无头无尾
甚至没有起点和终点
我们早已约束不了自我
念头的定理

既在思念之内,又在思念之外
在这芸芸众生里栖落
在这一屋一室里
只剩下这一念
在强而有力地跳动

遍寻而不见
那空旷而幽远的归处
就在这一刻
停住。并直抵遥远

一个隐喻

向虚空中吹一口气
把时间的指针吹弯曲
把翠绿吹向蛮荒
然后我们在草尖上奔跑

让风穿过身体
把我们吹散
吹散成阳光雨露
一点点的绿意
甚至是一阵微风
只是草尖上
那些许的晃动

就如我们一生里的走过路过
还能惊动些什么呢
在草地上打个滚

然后就只能
隔空相望

听 雪

用一只耳朵听雪
用另一只耳朵,听雪的内部响动
煎雪烹茶,抑或踏雪寻梅
喝酒。和一众古人
长宵兀坐

又有几人能真正走得进
那片白茫茫的世界
走进去,只把背影与群山万壑
留下

喝 茶

把一座峰峦、溪谷、岩石捧在手上
把那些精灵、幽暗和隐晦都视若神明
把思想和各种念头彻底掏空了
把一众的先人都唤醒过来

听这一盏山泉
依旧在叮咚叮咚

深夜，我还睁着的眼睛

夜色被掐得吱呀一声
用黑色的斗篷把它盖住
为了一点光亮
死命地抽打时间的暗处

把月色和心事关在门外
把肉和骨头彻底地剥离掉
把自己拎起来审问
秘密地打磨一把匕首
把黑熊的头割下
挂在墙上

然后，我们就做一个旁观者
看一地的咆哮把夜色吞噬得
一干二净

随　想

无所事事真好
何必关心如何打发时光
在这一刻静下来
听听血流、呼吸和心跳
永不变奏的大合唱
喝茶看书，间或偶尔地望向窗外
触摸皮肤血肉下的灵魂
思想，如同触摸外在的风景

把一走一过都挡在门外
只剩下随身携带和将要带走的
那些说不清的东西
把那些清晰不清晰的脚印
都清扫出去，不再翻动的书籍
被一摞摞地摆成一种心境
把不再飞翔的思想折叠起来

与巢穴或者坟墓无关
某年某月某时某刻
不再记挂重要或不重要的事情
在这无所事事里不再努力洞穿什么
只把这一刻回归于最原始的跳动

看这个不知疲倦的老铁匠
仍在一锤接一锤地敲打
在虚空中寻找那扇神秘的门
卑微的敲门人已心存感动
那一个个远去的背影已火花四溅
引燃。并在这一刻里浴火重生

流 浪

从内心出发。真正的流浪才刚刚开始
你歌唱的时候,我已泪流满面
你开始狂欢庆祝,我却早已格格不入
并彻夜难眠

出发的时候。我们还彼此关照
发令枪未响,已在路上
我在路上看风景
你提着兔子在月下磨刀
比刀还锋利的是月色
还是你糟糕的心情

河水中的挣扎
远超于岸上的犹豫
自由的鱼
怎么也游不进心里

每一种熟悉都是背叛
鱼或者熊掌,挣扎一旦发生
水的想法已毫无意义

用泪水把那写着文字的甲骨擦干净
看了一眼,只是彼此间无意中的一个照面
为了这次重逢我们已耗尽了
几世的心血和生死

在夜幕下穿行

谁不惊心动魄?夜幕下穿行的火车
把一切的风景都隐藏掉了,只剩下飞驰的节奏
来倾听。深不可测的铁轨,深不可测的跳动
时间的风,把夜的深度刮得更加深不可测

时代的节奏。一群人的心音在跳动
风驰电掣。让我们感受瞬间的灰飞烟灭
皮肤被吹掉了,血肉和理想也被吹散了
留下钙质和铁色成枕木的黑,铁轨上的亮
伸向未知和远处的风景。还在诱惑你

追逐远方的魔兽。时而低沉,时而高亢
速度与激情的游戏。远方在更远处等着你
总有一列火车在我们的身体里穿行
如欲望。在夜色中驶来
又在夜色中驶去。如死亡
摘下一片夜色,把自己掩藏得干干净净

我的书桌

相信缘分。在选择和被选择之前
无论我找的你,还是你找的我
聚在一起,起码说明彼此情投意合
那些五百年来的暗恋。看得懂不
多少日出日落,多少个黄昏的景致
都被我摊开并在此浮动弥漫

从来都把他们当作朋友,老的少的
在我的桌子上摆满了稻子和头骨
当然,还有各种各样的工具和一生的劳作
我用大量时间守护着它们,浇水施肥
让种子重回它们的头脑里生长,像万物
寻找那些欣欣向荣诗意背后的营养

不要尝试和骷髅去交流,那只是个摆件
在他们的魔法和人生中随意穿行

为防迷失,在路途上刻下许多记号
在散乱无章中找到自我的秩序和习惯

那是一个阅读者的秘密和幸福。魔法的钥匙
面前的两册。茨威格写的《昨日的世界》
另一本是鹅塘村的诗集《燕子歇脚的地方》
在这拥挤和杂乱里我却一天天地空灵起来
如守护着蓝天白云下远处的那个村庄、那片田野
在牧鞭尖锐的哨音里驱赶文字,放牧自己
把一桌的牛羊从书本里赶出来。赶向青草
赶向春天,赶进我们的心里

角落

在一个角落里喝茶 写诗
把闲散的时光幽暗成兰花的香
把世事放下，用那杯琥珀色的柔光
把角落里照亮

角落里藏着幸福
在和你玩捉迷藏的游戏
以为早已结束了
找到了属于自己的角落
才会与她不期而遇

满世界地寻找
她却独自在这里等你
为你绽开独属于你的
一角春光

让岁月在角落里安静下来
守住时光隧道的尽头
我们才能往更远处张望
古人的让古人拿走
别人的也把它打扫彻底
就在这个角落里
把自我也放到一边
无思无欲
干干净净

角落如果堆满了欲望
秘密就开始了上演
那是我们最后的栖身之所
拿走了拯救的稻草
我们还往何处躲藏

我在角落里张望自己
你在山冈上眺望远方

变形记

我想回到动画里
让滚滚红尘把自己压得扁扁的
碾压成薄薄的一张纸
扑啦扑啦再站起来

我想回到电影里
做个快意恩仇的侠客
不再为灵魂和肉体产生任何负担
就像除鬼的钟馗
杀,并快乐着

我想冲破文字回到思想里去
拿件僧袍把太阳裹起来
把月亮放到木鱼里敲
让那光亮
一点一点地漏进来
从此,让人们学会珍惜

一点点

问道时间长了
我才知道
在读书和读书之间
只有几个问号
那么一点点

清静时间久了
我才知道
在茶叶和茶叶之间
只有几缕香气
那么一点点

静坐得越来越长了
我才知道
在寂静和寂静之间
只有几个念头

那么一点点

追求信仰久了
我才知道
在真诚和真诚之间
只有举手投足
那么一点点

在城市中穿行

孤魂野鬼。过客。挣扎在风暴中心
推杯换盏。甚至谈笑风生,在角色里隐藏自己
有意无意地复制,梯子上的生活
裸露在风景里,我们相互陌生、相互影响

不会游泳的鱼。努力制造更大的海洋
首尾相连,朝着一个方向,想着不同的心事
手拉着手,心不在焉地传递着上帝的信号
拥堵中的虔诚。行色匆匆。煞有介事

在寻找中失落,在丢失里我们走了很远
在手掌心里跳舞,然后我们彼此交换心得
一万个理由在呼啸,满城旌旗林立
擦肩而过,似乎只是为了奔波得更远

落寞。在城市的缝隙里如鱼得水

玩时尚的游戏。变着花样地想把它填满
在斑斓的灯火里自己和自己捉迷藏
多少次撞个满怀,却没能把自己抓住

跑 步

从梨花的后头追赶
也从杏花和桃花的后头
从小草的根部和蒲公英黄色小花的后头
从树荫下行将埋葬的那片片落红
从泪水和溢满泪水的诗句后头
在北归雁阵和春风的后头

我从一场大雪过后开始起步
固执地向前跑
从落红跑向枝头
跑向盛开
跑向含苞待放的时刻

从初夏跑向初春
从这满世界的苍翠
跑向最初的那一芽鹅黄

我想跑回故乡跑回童年
跑回咿咿呀呀的第一步
用最清澈的眼神打量打量这个世界

想清楚了
再去学会爬
　　　　学会走
　　　　　　学会跑

醒 来

有什么能比这更为幸福呢
在一串悠扬的鸟鸣声中被唤醒
优雅地滑落。如不老的时光的弧度
婉转如歌。一头连着晨光
一头连着梦境

晨曦和露珠的叫声
是那片苍翠伸个懒腰后的欢喜
是远处的湖水张开眼睫后的抖动
早已超越了花开花落
在小草和花朵、树木和晨光之上
你的圆润,早已超越了尘世的生长
没有了苍老,只剩下慈爱
如妈妈的呼唤
这一声,叫得云开雾散
遍野霞光

天 籁

一串虫鸣
高一声低一声的呼唤

微弱的光亮
却能把一世的喧嚣
轻易地隔绝开
把尘埃与夜色都鸣叫得透亮

把繁忙与拥挤的魂魄都唤了回来
把夜空鸣叫得高远了很多
只一声就把这个世界
叫得安静了下来

竖耳倾听,众神的合唱
从星空与夜幕下飘落下来
一点点地粉碎。又一点点地

把我们拯救

直到自己和自己撞个满怀
在这叫声里心生羞愧和忏悔

书斋看雪

经历过吗?下了一夜的大雪
寂静的雪野山林迎来了早晨的第一缕光
空山新雪后任何想法都不再起舞
把寂静站成美。美得不敢弄出一点点的响动

在这人间烟火里辟出一块圣地
供我们专心致志地享受这无人打扰的
幸福。如世事飘落进我的书房
在傍晚的时刻,小心翼翼地把书打开
把这雪地上微弱洁净的晨光
释放出来

把自己读成雪
把这一世读回这一缕晨光

体 验

横陈于天地之间
在一把长椅上自己把自己放倒
如一片毫无想法的树叶
如一捧从不发声嫩绿的小草
如那只长满绒毛正懒洋洋爬行的虫子
如一块承载着几多绿荫的木头
如一小撮最后收归飘落鸟鸣的尘土

好吧,这样说你可能感到太远
就如一个累了一天的农民工
在长椅上躺下
在这么好的天气里
我用整个身心想象着
疲劳至极后的舒展
想象把肉体交给椅子后的那份享受
想象在这大自然里的倒头就睡

想象在阳光抚慰下的最原始的幸福

何必想象呢
躺倒在这条长椅上
让身上爬满蚂蚁
落满鸟鸣
在阳光下安然睡去
多好

福 分

不管天冷天热
只要到了周末
都可以无所事事
泡一杯茶只留清香入口
却可以不思不想

身在世事却能做到不问世事
自己把自己打发得
清风明月、云卷云舒
就在这满壁的书墙下坐禅
凭想象体验阅读的乐趣

一切随缘。想谁就默然对坐一会儿
说那么多、写那么多反而无益
看着阳光被一点点浸泡出来
看着毛尖把最嫩的香气

一点点还原出来

深呼吸
只有在云雾缭绕的山林
才能体会得到
活着的幸福和意义

献 诗

下了一场雪
又来了一股寒风
黑龙江的冬天
就是这样一步步逼近的
刀尖一般的迫近

如十万大山
从四面八方围拢过来
血肉仍在。爆裂
已在骨头深处响起
冷,孤独,更深的是寂寞

暗夜里想念
那些陪伴了我很久的朋友们
那些守在窗外或隐身于泥土之下的
曾经在我的诗行里芳香四溢的

花草树木们

将心比心
这一刻与其流泪
还不如写下几句诗行
借着月光读给她们
听,或者不听
只当祭奠给那些荒废的时日
如同祭奠曾经的爱情

笑一下

最美的瞬间。阳光透过云层照进来
花开了,从心头涌上来的愉悦

遇见。陌生中的接受和探询
赞美和咏叹,自然而然地流淌

田园里一群孩子,顺着音乐的方向
快乐地追赶那团温暖的光线

笑一下吧,让我们握住宿命和缘分
暖暖地,与别人分享

在笑容里取暖。我想把遗失的找回来
我想在月夜提篮出发,去学着捡拾
捡拾那些喊在"茄子"里的跳跃和欢乐
捡拾那些在微信中传递的红红笑脸
笑一下,把该还给大家的还给大家

流水账

前天晚七点开始跑步
三公里,用时十八分零六秒
寒潮来袭仍一身透汗
回到寝室给家里打个电话
到微信运动里点一圈赞
开着电视和灯就进入了深度睡眠
从九点半到早五点半
七点十五吃早饭

阴天里散步
还拍了几张院里的红叶
喝茶,看书,处理了一堆文件
中午饭后转了几圈
下午两点多姑娘来电话说爹呀
语气里糖分猛增
我知道可能她又有了一个心愿

刚过完节
给天南地北的朋友们打了几个电话
包括某某刚宣布退休的老干部
时不时地看一眼窗外的行行红叶黄叶
还写下几句随便排列的句子
时不时地看一眼有几个朋友来点赞

许久没写字啦
许久没坐下来读几页闲书了
许久的许久
已经习惯于平淡中的平淡了
看看微信圈里
大家争先恐后晒旅游的照片
我就知道他们和我一样
无非是想证明自己还活着
虽然漫无目的
但活一天总得告诉朋友们点什么
要不然活着还有什么劲
如果只悄悄地
跟自己的内心说点什么

你想好了吗
狠狠地打自己一巴掌
是哭,还是喊
在虚度中问问自己
总比忙乱中走向终点的要好
再好的风景
都是提供给我们来看的
一眼是缘分
一眼是悟性

我们应该清楚地知道
看一眼,少一眼
所有的波澜起伏
都不过是更快速的流逝
会看的,应该一眼是平凡
一眼是温暖

风起处

青萍之末。一个念头的起身处
谁能说得清楚,毫无征兆与缘由
在风暴和风暴的源头,善恶的尽头
起风了。如命运般不知归处

倏忽而起,倏忽而逝
刹那间已风起云涌波澜壮阔
十万八千里,转瞬一须臾
那是一场已无法避免的最后洗劫
一念如初,一念已无法隐逸

在功名利禄的前头,吹动四季轮回
尘埃四起。吹动横行盗匪
抑或夕烟下的英雄
实际上它吹动的只是一个接一个的
念头

辑一

风乍起。此念就在青萍之末
前头的前头

风吹过

在梨花海棠的枝头
是谁在诗经里推开春的柴扉
那一声吱呀呀的吟诵
鲜鲜嫩嫩地响起

大幕拉开
从南到北地上演
枝头下的秋香忘了带自拍杆
唐伯虎正气喘吁吁赶来

一条嘈杂的路线
从早市指向田野的深处
是小泽征尔那个干巴老头儿在指挥吗
长笛和木管吹得愈发舒缓明亮

消息一个接一个地传来

在这个盛装的节日里跳一场假面舞会
她的舞姿妖艳妩媚蛊惑人心
你只能体味感受却一点也看不到她
亦如我们的感情久久无法释怀

与风对话

那是一个疯子。癫狂而又不羁
携一床破棉被似醉非醉地到处流浪
唱什么？只有呜呜的叫声
在嗓子中含混不清

她来的时候秋天里还有诗意
她走了，已将破棉絮挂满了天空
还没来得及喝一杯，刚刚温热的烧酒
转身的工夫已被偷得一干二净

在一片树叶上看秋色
看她是怎样把绿色一点点吹黄
吹红的。直到她怀着恨意
吹到死亡之境

不动声色地招摇撞骗

从不心虚的神偷，明目张胆
甚至不顾石头和尘土的提问
无数次用舌尖舔舐着刀锋。留下血色
与时间对比着看一下谁快谁慢
毫不留意一步步深入且毫不留情

我想抓住她的尾巴，当然最好是翅膀
金凤凰飞过的时候光望着赞叹了
花前月下，她又总在暗处躲藏
当拐杖经常敲打她的时候，一脸的无辜
扔下了一地坏事，鬼魅得不可捉摸
满脸泥巴还去撞击那圣洁的钟

我在一棵树下为你坐禅
用全身心来感知你那扑通扑通的跳动
她从不讲洗衣、做饭、带孩子这些琐事
她目空一切，又胸怀远大理想
只想把一座山吹成戈壁、沙丘、尘土

你说恶心不恶心

把我也一口口地吃掉
再吐出骨头。叫我从头到尾
自己把自己看得一清二楚

入得定入不定
都跑不出她的手心
你如果是个高人就该知晓
风声正紧了

世上只有狂风
根本没有什么微风

茶

一个大藏家。收藏风和雨,以及光线
缘分。在诗画的境界里陶醉了千年
在钟声里祈祷,在古寺庙里潜心修行
在岁月中沉静、内敛,看不见火气

我坚信最初的发现一定来自于得道高僧
三世轮回,也没能拆散她和泉水的这场聚会
禅茶一味。你能从中参得出吗
什么样的机缘,能让一杯水静候树叶的飘落

把世事放下。把远处的目光收回来
在一杯茶水里给自己一个简单的理由
寻找乐趣。玩放慢时间的游戏
慢下来,慢下来,直到静止不动

会喝茶的人

就是要学会在寂静中
看这满身的灰被时间的风
是怎样吹得一干二净

在茶水里舔了舔自己的羽毛

像古人一般拿首诗
放在龙井里泡了又泡

一个遥远国度的女中音
由弱渐强地把我包围起来

春色就这样漫进来
在这间不大的书房里制造氛围

诗书满架我却不去翻动它们
让它们与我一道体验老去的感觉

上午里我只干了一件事
就是在茶水里舔了舔自己的羽毛

隐居在一片湖光山色里

在宣纸上画一片山水
然后走进去,住在那里

在月色天心里醉卧
画一叶扁舟,随风飘去

在稚气的童声里呼喊自己
把身心隐藏进泼墨山水的意境里

在云淡风轻时坐在岸边垂钓
只钓那片虚空,无我无你

时间的风,把夜的深度刮得更加深不可测

满世界地寻找，她却独自在这里等你，为你绽开独属于你的一角春光

我想冲破文字回到思想里去。拿件僧袍把太阳裹起来,把月亮放到木鱼里敲,让那光亮一点点地漏进来。从此,让人们学会珍惜

把自己读成雪，把这一世读回这一缕晨光

在一片树叶上看秋色,看她是怎样把绿色一点点吹黄、吹红的,
直到她怀着恨意,吹到死亡之境

会喝茶的人,就是要学会在寂静中,看这满身的灰被时间的风,是怎样吹得一干二净

辑二

境　界

是因为贫穷吗
随意的篱笆已站成了风景
是生活的逼迫使然吗
在山脚下
在四野的环抱中
他们已鸡闲鸭乐
把日子过成了
彻底的行为艺术

无须裸露身体
你如果能用心来体悟
是的，他们只裸露心灵
无诗无歌，甚至没有一点音乐
让南山和菊花更随意地置放
把刻意的悠然也丢弃得一干二净
随随便便就超越了陶渊明

一举一动间就表达了更为深刻的
讽刺与批评

山乡田野,村妇老农
把红色种植成了火焰
把绿色描绘成苍翠欲滴的深情
拾柴取暖,垦荒为食
日复一日年复一年里
只为把禅机种回荒野泥土
无论花开花落、瓜果飘香
就在这片蓝天白云下
等你来开悟
为你,从小到老日日诵经

偶 然

多么偶然的相遇。在这万物众生的世界
是什么样的吸引,能让人伫足让人留恋
一片最常见又最鲜艳的野花,常常被人们
随手撒在,一条条公路的路边上
她们就是车窗外那迷离的一缕彩色
高过梵高笔下的向日葵
却又卑微得只在尘土飞扬中
一闪而过

只要你肯停下来,你就会听见
这一地的惊雷。看见那闪电与烈焰
最终的归隐。她们却又笑靥如花
正对你窃窃私语,把一世的孤寂
绽放成无人能懂的热烈
用微弱的光亮亲吻这方天地
并轻易地把我们内心的柔软照亮

前世今生。因缘往复
只一眼就让人心绪澎湃
由近及远，一点点触到
云的高度和蓝的高度
叩问苍生，也叩问自己
鲜艳一回是何其易又是何其难

安守于内心
安守于一条公路的边缘
修炼自己。成佛超仙
车水马龙中看或不看一眼
把身心安静成一种至境。鲜艳而不妖冶
在尘土中蓬勃并始终宛然挺立，诗心禅境
映照得周遭的生命，热烈地回响
在卑微中绽放并崇拜

就在这野花的暗处
我一下就捉住了那早已跑远的童年
在那一束水灵灵的乡野
我和我的过往相逢相遇撞在一处
怅然若失且泪流满面

紫丁香

逐尘而去。一夜追赶
大呼小叫般的热烈,打马狂奔
踏过梦和月色,在枝头挤作一团
已经骚动。偶像莅临之前
把心事和月色一点点地储藏起来
渐渐浓烈。再也化不开

弹一曲哀婉。思念瀑布般飘散
在紫色上吟诵情感
学着在香气中制造浪漫的氛围
日日夜夜吹奏悠扬的旋律
暗香浮动。今宵无眠
倾诉中,彼此早已沉醉
忘记了前世今生

独处幽暗。谁听得懂她的期待

呼吸之间，一切的障碍已经跨越
敞开胸怀来感受，掏心掏肺的真挚
沉郁缠绵。连绵不断地袭来
在她的亲吻里我们沉陷得一无所有
找不到灵魂和思想，来处和归处

且在这响贪欢。留些诗意
让我们自己拯救自己
把远方和绿草留下
把蓝天和白云留下
在月光里把紫色的伞撑开
依偎在她的香气里与世隔绝
从此，不食人间烟火

向日葵

安放了一个童年的香气和记忆
就在土屋之外亭亭玉立
一个夏季。扶墙而立
松松垮垮的篱笆墙早已成了衬托
把这一季的风景泄露无遗

依窗装扮,看着她从一个小女孩
一点点长成婀娜多姿的少女
把阳光一点点收进眼神与笑意
把光芒谱写成音乐
用最浪漫的节奏展现给你
向日而歌,向日而诗

一位美丽的乡村歌手
纯净而热烈。看得见就能读得懂
天地间的那团熊熊烈焰

辑二

骄傲的追逐与仰望
把这一世的爱情
最终表达得淋漓尽致

山坡上的野花

需要缘分。穿越城市和乡村的寻找
住在枯叶和杂草的宫殿。无人打扰的山野
弱小而寂静,方寸之间已等你千年万年

春天的王后,在那里纯粹自己
微光烛照。如圣洁的修女在潜心布道
用自己鲜艳的血色,把山坡布置得灿若星空并惊心动魄

不用知道名字,我已和她恋爱
优雅的隐士,把一个社会的趋之若鹜放下
把一个又一个想法放在雪水和露水里洗

重回卑微。在山野里滋养我们的爱情
在萌发之地,回到湿漉漉、水灵灵的刻骨之初
在花开花谢里,相互接受并以此为荣

九月菊

撞见菊花
才感到已走进了秋天
开在菊花花瓣上的九月
纯粹且惊心动魄

把蓝天逼视得更蓝
把白云逼视得更为高远
在一片枯萎和凋谢中
让人肃然起敬

蜂和蝶都已销声匿迹
尘土亦不再飞扬
鞭打世俗的王的女人
把一个季节的张扬与内敛
统摄住。在她的注视之下
无不低头忏悔

历经繁华与盛开之后
最后的出场
似乎只是为了把一个个高潮
推向最终的部分

只有菊能肩负这种大角色
她的出场,让一地的秋风望而却步
她那逼视的眼神
闪耀在三步之外、白云之上

致敬树叶

能真切地听得到时光在流逝的声音
能听得到血液在潮汐中的流淌
能听得到生命在不分日夜地欢呼
能听得到他们在热烈地辩论或平静地交流
能听得到光线在穿过时他们的跳动
能听得到晨曦或傍晚的天光中他们的私语
能听得到他们在四季里最为简单的轮回和生长

用日复一日年复一年的重复
让这个世界充满了期待和想象
让人喜、让人悲、让人伤
把日光和月光吟诵成一首古老的诗词
抑扬顿挫却又平淡无奇
把这一生，活得简单完整
且富有力量

云

先辈们的背影。古老的旅行者
下午里的强行闯入,让人缥缈不安
魂不守舍。在窗口望尽沧桑,望断归处
赶得动羊群,牧羊人却赶不动自己

早已把楼宇和群山覆盖
以及青草和花香,还有这一世的尘埃
抑或生抑或死,虚无或者牵挂
一个谜题。已经谜倒了千古的张望

将心事托付,把思绪一点点撕碎
把一床破棉絮从窗口倒出去
就像诗歌。等它们飘散到现实以外
再用心把自己喜欢的捡拾回来

让归处,一碧如洗

下雨啦

收拾落红的残局。在心事里下一场大雨
大自然的倾诉。在逆时针里奔跑
让花朵重回蓓蕾,让蓓蕾重回根茎下的泥土
雨水和露珠的魔法,在生命的轮回里循环往复

一个夏季的绿色正争先恐后地赶来
献花之后,爱情在天地之间的山盟海誓
在雨中打一把伞,手拉手地走进诗意
推开现实,守住一窗的迷离朦胧

霓虹的把戏,夜雨醉在城市的街头
抽象自己。并敲打成皮包骨放进橱窗里展示
一个流浪的画家,全然不顾周遭的变故
奄奄一息中,给灵魂涂抹上最后的一缕颜色

因人而异。一个城市的哭泣或者喜悦

在我们随意的张望里,自成风景
收集雨水中的故事并湿漉漉地串在一起
一个城市的记忆,就会更加鲜活

咏物帖

你歌颂你的蓝天白云
你歌颂你的擎天古杏树和古杏树上的翠鸟
你歌颂你的那即开即逝的一树芳华
你歌颂你的一湖春光荡漾
你歌颂你的晨曦与落日
你歌颂你的斑斓梦境和美好的相遇
你歌颂你的神谕和隐秘的微笑
向下
向下
向下

我们总是不期而遇又惺惺相惜
那一片杂乱丛生的新绿
那一朵无名的小花
那片枯叶以及枯叶下那丝丝的腐烂气味
我把颂歌埋进这片土地

把我自己也埋掉
然后沿着它们的根须
再来一次,微不足道的成长

绿一次,黄一次或者紫一次
其实只是淡淡地笑一回 向着泥土和尘埃
彻底并一点点地微弱下去
匍匐膜拜

朽木赋

所有的风景都不再是风景
所有的风声和鸟鸣都已换作潮汐相伴
所有的翠绿连同那粗粝的树皮都随之褪去
甚至没来得及告别,迎风而立和阵阵松涛
没来得及亲吻脚下的土地、腐叶
没来得及安慰一下那千丝万缕的根须
更没来得及英雄般悲壮一下自己

仪式还没展开。生命的转换在湖水浸润下
就已完成。悄无声息地把轰轰烈烈掩盖
只留下骨骼。尖硬地扎疼一湖之水
疼得如此纠结,如此赤裸
如此,夜不能寐

语 言

需要用心倾听。如心的跳动
颤音缥缈入虚空之前,穿墙而过
如寺庙里的钟声,已穿过身体和灵魂
那是一种对话,一下接一下
一声连着一声

尽管你会惊慌,但需要把远处投来的目光
稳稳地接住。用瞬间来表达缘分的累世之长
躲闪中还是泄露了上辈子的秘密
说与不说,都很难找到恰当的语句
超越了生死时速,瞬间抵达永恒

暖暖地开满了阳光的味道
无意的靠近。直抵心窝轻而又轻
阻隔与距离瞬间消失,骨头与肉体
不复存在。只剩下歌唱的血液

独自的对饮与狂欢,天荒地老前的语言
简单直接,又那么富有表达的力量
甘愿失魂落魄。并沉默不语

肖像画

手指与小红鞋上的风度。柔软而妩媚
轻易地就把古老与尖硬融化掉了
高大的石墙,硬木的座靠
留下芬芳,留下笑靥
更留下了一个个蠢蠢欲动的念头

把那团温暖的光线
一半留给春水,一半留给那幽暗的衬托
拨动心弦。在相框内外同时弹奏
彻底的沦陷,更优雅、更动人、更纯粹

一头撞见,便失魂落魄
归隐。携日月星光绝尘而去
留下一地的心跳,把这个世界一点点打碎
只剩下迷失的萤火虫在逐光而飞

花开了

从未知晓。一朵花是怎样绽开的
绽放的速度与种下的速度几乎同步

刚刚萌动。还未等得春风夏雨
就在微笑与注视的目光之下
猝不及防地开放了。心事与秘密
袒露无遗。花蕾里光芒四射
另一个星空,另一个月光
守护了多年的柔软已香气四溢

诉说与期盼
把多少暗夜点亮
兰花玉脂般的疼痛
幽幽地缠绕着谁的心房

欣欣然遇到了你的目光

心。跳动得愈加厉害
哪怕狂跳,停止,进而绝望
都因这一刻的见证
而变得光芒四射
绝尘而去

一条普通的街道

前世的宿命和恩怨。因果。都能随意改变
一条街道不懂这些，这里正活色生香
街边的水果摊和一个连着一个的烧烤、麻辣烫
也不懂这些。那些行人忙或者悠闲
他们把一个下午的人间烟火过得有滋有味

佛陀的语言，无常甚至死亡无人顾及
一切都没有任何征兆，仇恨或者酒精刺激
一个普通的打工者拐进街边的彩票站
在里间的麻将桌边还看了一会儿
素昧平生。非要硬生生地楔入他们的人生命运
拉响缠了一身的雷管，在此敲开地狱之门
他的生亦如他的死，普通得毫不起眼
最后的粉碎和响声只想留下一点震惊
他的悲哀和失败于事无补。卷帘门关上了
被炸起的尘土和惊叫也已落定

一个生命的消亡,街道用快速的遗忘超度他
佛陀是否住在不远处飘荡着的大悲咒里
谁能把这一世的悲悯分给他些
把自生自灭的幸福给他。如一棵草一朵花
让这条街道卷起的尘土能安静地落下
在尘土上走过,不再踩到那本已卑微的灵魂
让街道上的每一步都更轻松些
不再造下,轮回不已的业

一个普通的上午

一个普通的上午
我坐在办公室挨个谈话
郑福明、刘贵贤、刘亚新、徐发群
今年即将脱了军装的老兵

他们转业的命令到了
告别前的另外一种嘱托
关于贡献还有纪律和安全什么的
他们是我们一个战壕里的战友
一个山沟沟里摸爬滚打过
一棵白菜一碟大酱喝下过一瓶廉价白酒
醉了还不知道什么是醉酒的感觉
青春就像边境线上的这片湿地
今天看起来很美
绿油油的上面撒满了黄色小野花
可当时在我们眼里就是一片荒芜的草地

这片荒芜把我们的青春
喂养放逐并活泼得肆无忌惮

我想说点什么呢
孩子 老婆 择业 创业
更想说说野生核桃林和那段难爬的山路
独坐一座大山时的想法和感受
当然，这些都是我的想法
无论是张广才岭还是完达山脉
当一个山系在你的青春中突兀地隆起
你不会知道大山的闯入
终会发生什么 直到此刻
在城市和山脉的选择中
鸡西、哈尔滨、四川、云南
逼得他们左右为难、无所适从
多个故乡从舌尖到梦里
难以割舍

一片树叶从茶山飘零到城市里
有谁能真正懂得那缕缕清香

表达的都是对青春和岁月的眷恋

在这个普通的上午里

我为他们倒了杯明前龙井

我想把这个时刻

留在我的山上

更能长久地留在我的心里

一副眼镜的现实

在商店里买了副防蓝光的眼镜
在矿总院对过街角的一个眼镜店
几个大妈级的售货员
说是钛金的架、专业的镜片
挺贵的花了4250元钱

没几天碰到了汇丰相机的徐经理
他告诉我防蓝光最好是尼康的镜片
我们的"防"字都写在嘴上
人家的"防"字却写在镜片上
日本的镜片保护的也是中国眼睛
于是又花了八百元买了一副
兄弟的情谊让我很是感动
领我去奋斗路他们公司楼上
280元买了钛金镜架
又去眼科医院切割配好

忙了整整半天时间花了一千多一点
戴了就发现四千多的是个假的

人们总要生存
想要如鱼得水却很不简单
卑微的生存让我们变得更加卑微
这一切都谙熟于心并且已养成了习惯
有谁来管教管教这些并不年幼的孩子
让他们能看得稍远一些
在目光里刮一场春风下一场秋雨
让我们在风雨中回归四季
向远处的山、海和田野学习
在最终的归处
灿烂我们自己

农民工在墙角和树荫下的午睡

归隐尘土。如一个真正的隐士
在喧闹中修行并得道。在墙的一角
在一片树叶下,把自己横躺成大自然
酣然入睡。轰轰烈烈演示生活本领

朴素致极。在泥土里生存和劳作
崇敬泥土,崇敬那些深藏不露的故乡和祖辈
把最远的远方放到脚下。荷锄行吟
在一生的劳作里开垦并种植风景。不问归处
用灰尘把浮华盖上,用浓荫把虚妄遮挡
抛撒汗水,让一个城市的根系扎得更深些

躺下就是梦乡,就是月色和星光
把街边和墙角偎偎成绿色,蓝天和白云
把诗和远方带进尘土,揣进破旧的衣兜里
曲肱而眠。和衣而卧

把贫穷和烦恼、失眠的困扰和故土上的那片浓荫
都睡成了一个"香"字,让外人来羡慕和嫉妒

我只想能有列不太快的火车从边境线开出

探家,他坐在长长的一列火车里
风驰电掣中脑袋里的画板倾斜了
最后的那点颜色在混乱地尖叫
发财 发财 发财 发财
回到绿色方阵里喉咙再也喊不出口号来
好好的一个兵说疯就疯了
我站到最高的山上也疯了般喊口令
当那长长的一列开过来的时候
不管听懂听不懂
我都要给他一个明确指令
把走失的魂给他喊回来

探家,另一个他坐在长长的火车上
他是国防科技大学毕业的
他的月工资一万多元了
羡慕吧,当年以六百多分考中

是全家族和乡村里的之最
在火车穿越春天走进夏天的时候
在高楼林立中他失去了方向感
我知道按图行进的图都在深山里
他把学校里学的知识都用上了
也没能走出人生的困惑
说放下就放下了　连队　战友
在背离中他走出的每一步都是失落

据说
火车的里程已最长了
据说
火车的速度也已很快了
据说
过去的绿皮车已经没有了
据说
还有部电影叫《周渔的火车》

我只想
能有一辆不太快的火车

从边防线上开出
让我们能适应这个节奏
把一种关于美好的想法带上

长假里的故乡和祖国

我的一双鞋
被挤掉在了五一长假里

我生命的轨迹
瞬间被人潮所淹没

我在春天里的叹息
美好而又无奈

这就是我的故乡和我的祖国
想恨却一丝也恨不起来

边境线

神秘的爱情。月光宝盒已打开
别无选择,在那白桦林里的小路上
还犹豫什么?通往盛大的婚礼
山下耕种,山坡上歌唱
大山把我诱惑得一塌糊涂

每天用汗水和泪水擦拭
让她始终神秘如初,做她的
守护神,不让任何人亵渎
她是我前世走失的女同学
是的,画完了书桌上的界线
藏身于此,知道我来找她
却不肯相见

下一场思念的雪
独自拥有。在漫山的寂静里

开门和关门声传得很远
惊醒了上岁数的老人
他们又得独守到天亮
那得多后悔

一碗馄饨

你是否知道
一碗馄饨需要几个步骤
才能把面和馅包好
热气腾腾地端到你的面前

和面和拌馅你都会吗
在周二的早上
幼儿园边上的小吃部里
被一群年轻的妈妈和孩子们占满
我想知道不会做饭的
年轻妈妈们
如何去表达母爱
用一碗馄饨完美地表现
妈妈的味道
需要几个简单的步骤
才可完成对一个母亲的膜拜

书法家

情感丰富、名利心很重的哑巴
生下来就到处寻找
另一种的宣泄和表达
他知道哇啦哇啦之声刺耳
只好用手指上的爱恨
不停地击打河水里的浪花

他是写字的人
又不是单纯写字的人。面壁十年
只为崇拜那些会说话的石头
他们都经历过久远的修炼
凝神屏息,专心致志
提笔之前就已形成了强大的气场
醉或者不醉,都要蘸一笔花香月色
在四平尺或者六平尺上,呼风唤雨
拎着满世界的耳朵前来

倾听。这些开满石花的古老语言
或快或慢或疾或缓
临摹或者崇拜
提按顿挫之间才会真正地明白
就像一茬茬被收割的庄稼
在汪洋恣意的月色里把一个个墨迹洗白

真正把字写好的人
应该是拒绝喧哗和表达的人
把那些被人遗忘的脚印一个个捡回来
传世并长久地活下来

过年帖 之一

所有的年味都在沿着血脉传播
一步步接近，且一步步穿越
如一列开往祖先与众神的绿皮火车
老家的停靠才是刚刚开始的一站
热闹和信仰，正从香火上一点点地
扩散开。是什么样的力量
能把我们从四面八方拽回来
在天地间共同完成这认祖归宗的仪式
瞩望来处

过年。是与一众神仙的对话
她们就站在我们的身后
站在所有团聚的背后
在每一个饭粒之上袅袅而来
并悄然降落，在最精心的饭菜里
把自己虔诚地奉上

与祖宗的相逢相遇就这样不期而至
在年俗里我们仔细地聆听与跪拜
这一脉又一脉的香火
写满宿命或者归途
写满亲情抑或黄天厚土
捧着心跳,跪下去
才能真正感悟到年的温度
如滚落的泪水
不经意间又哭了一回

过年帖 之二

用一个个盘子垒起来
当然　还有刀功和厨艺
和祖宗见面之前
得先拜一拜灶王爷
在这场人间烟火里
完成最为原始的祭祀

把音乐吹奏成悠扬的山珍海味
然后再细心地把闪光的诗句
挑出来。无论是蒸是煮
目的，都很明确
我们在杯盘之上坐卧与行走
看春抑或看雨。在热闹中
尽情地敲打一下亲情和祝福
该掩饰还得掩饰一下吧？酒醒处
时光。白得就像鬓发

已经藏也藏不住了

这一场从春下到冬的雪
就在这一刻忽然下得大了起来
那就煮一煮青丝和白发吧
再配上两碟尽适心情的小菜
让这个年更愉快些

过年帖 之三

时光的尽头。正面和反面
把一张写得密密麻麻的答卷团起来
满意不满意我们都将掷向墙角
溅起一片虚弱旳黑暗或浮光供人们思考

翻得动吗？如铁的时光
或如晦的人生
这一夜，夜色如水
感知倾听所有的汹涌澎湃

会当击水。我们折腾到最后
却发现弄不出一点响声
逝去或重生。花开亦花落
放下所有的纠结
还有更大的吞噬正在悄悄进行

此刻,我只想把这尽头攥住
把这汹涌澎湃攥住,攥在手里
攥成秋日里的蒲公英
吹一口气,自己看着自己随风飘散

然后,看时光是怎样一点点翻过去的
又怎样一点一点地聚拢了起来
在过年的时候,把自己置身度外
把这一夜的时光吹奏成水

过年帖 之四

在二姑家的老相册里与奶奶相遇
老太太没什么文化却在四十年前的老相片里
把一个家族、一个时代坐得万千气象
把腿盘在炕上就是把规矩立在了家的中央
在一个大家族里从不下地干活的奶奶却一言九鼎

守着火盆让一个又一个冬天充满暖意
所有的琐碎被老人家用烟袋锅敲打得锃光瓦亮
家族上下甚至一个村庄都对奶奶充满敬意
老人家一辈子没有功成名就
几乎从没走出那个小小的村庄
所有世上的风雨到她那都变成了养儿育女
她只把目光放在家里和孩子身上
她把日子过得平常而简单，简单又平常
就是这样一个恪守本分的老人
让我在这越来越淡的年味里

却深深地懂得了安静和平常的力量
读读奶奶那坚定而锐利的眼神
好好地体味一下过年的幸福

把所有的平常一点点地刻在心上
把日子和岁月过成奶奶的那道目光
让后人心生敬仰

过年帖 之五

接神。接完灶神接财神
过年了。每一角落都要给神明留下位置

不仅有禁忌,还要留下一小口饭菜
给神的、鬼的,还有给祖先的
所有的看不见都因此得以在这一刻显现
最终留下的是心中的思念与慈善

我们用红纸、红灯笼迎接他们
我们用香气、香火接引他们
祈祷、叩头,甚至用眼泪静候他们
我们用满天的星光或漫天的大雪
把他们迎进家门,捧到心上

莅临的众神。只是为了看我们一眼
眼泪汪汪,尚未举杯已酩酊大醉

过年帖 之六

如泣如诉。在时间的潮汐里倾听
只在很少的时刻,才能感知到
这如水的汹涌。浪迹无声
却又无时无刻,不惊心动魄

如浮萍一叶。总想打捞月色和心事
甚至运气和命运。听听自己的心跳吧
这一世喧哗里的晨钟暮鼓
有几声是为自己敲,又有哪一声
能把我们从期待中叫醒

这一声里,我们已现老态
下一声里,我们能否涅槃重生
在新年的钟声里飘落
又在新年的钟声里沉浮
怎能不泪眼婆娑

点燃一束香火吧
只为能把那些遗落在远处的钟声
找回来

过年帖 之七

一步步远离。浮在半空中的
那场雪,才一片片地飘落下来
把所有的热闹收归寂静
收归衰草,收归枯枝
收归,雪野深处的炊烟

柴门半掩,一半身影仍留在门里
我们把另一半藏在冰雪的深处
在四季的轮回里,我们只跪拜
这一季冰雪。拜天拜地
拜这满世界的纯净与诗意

下雪了。我们才能走回童年
走入仙境。在这飘飘洒洒的世界里
我们才能迎风起舞。轻盈地飞
或者轻盈地落。安静了

我们就紧紧地依偎在一起
只等那一束天光
把天堂的秘密泄露出来
最终,慢慢地把我们彻底拯救

过年。过的就是一季冰雪
没有冰雪,我们怎能找得到
那个大雪深处

母亲节

妈妈很虔诚
她虔诚了一辈子
她天天对着佛像跪拜
她看佛的眼神和看我一个样子

今天是母亲节
网上网下热闹得送花吃饭
我们最该送的是什么呢
虔诚

我们看佛的眼神
是否和望向母亲的一样

脑血栓的父亲

坏脾气。从嗓子直接涌到了脑血管
从栓塞到爆裂,几乎要了他的——性命
一辈子也没能改过来的毛病,此刻
让他更加依赖那根拐杖。尽管还想发脾气
但他却无力举起这第三条腿来,打不了
骂不清。心里的算盘也已算不清楚了

他有很多的不是和优点,与他的脾气比起来
都显得无足轻重。所有的不服与抗争
无奈与窘迫,梦想和欺诈,都被他用情绪
淋漓尽致地表达到了。用最精彩的吼叫
也没能洞穿命运。只一日,就忽然间现出了
残年老相。当我意识到他老了的时候
不是从他病情开始的,而是脾气和梦想
他的脾气小了。干了一辈子农学的他
不再提及他带病还要培育的大豆新品种

他给我描述一个宏大计划，关于财富和名誉
被他一垄垄地在田间地头种下，发芽结籽
他守着年轻时的诗歌和衰老后的希望
一个人，靠六十二元的工资来养活四个子女
供他们一个个读完大学，学不好的上自费也得上

妈妈在电影院门前卖瓜子，在最冷的冬天
他们的心眼是一分一分数小的
小到在一分钱里，就可看到未来和希望
小到每一分钱都被他们攥出了体温和热量
从不逆来顺受的人，却一辈子要屈服钱的力量
把能扭曲的都扭曲了，把能打垮的都打垮了
只剩下这一点点脾气，他身上最不精彩的
那点光华，也要被老天拿去

在父亲节里，我多么希望
他能再喊一嗓子，以父亲之名抡起棍子
把我们四个的生命再次打得噼啪作响
留下一世的爱恨交织
容我们慢慢去分辨，去回忆，去成长

一滴水

我们还能做点什么
四十度的高烧,已成一团火
舌头起泡,嘴唇和牙齿焊在一起
呼出的气息和皮肤传导的是热
而偏偏你连一滴水,也咽不下去了
只剩儿女们的守护。用棉签蘸一点点水
润一润,你那喷火的渴望

所有的不舍,一世的纠结
然而,我们已无能为力
连一滴水都满足不了你
知你愿用一世的艰辛来换取
这一刻,这小小的一滴的安慰或幸福
在这一滴水珠面前我们只能跪倒一片
用今生的苦涩,换来下一世的甘甜
哪怕只有这最后时刻
能带给我们一丝安慰的最后一滴

告 别

到了告别这一刻
我们还能做什么
看着冰冷正从四肢
一点点袭上身来
任挣扎和无奈恣意
生命的教育,在这一刻
以极其细微的方式展示开来

我们还能做些什么
看着父亲一点点地走远
没有背影的告别
所有的不舍都从眼神中收回
知道他行将离去
知道属于他的光,即将暗淡
知道他心口的跳动
即将停息

此刻,我们只能
顺着他呆滞的眼神
望向西天,望尽归处
望穿此岸和彼岸的距离

尽 头

星光隐去。大地沉陷
在你的目光里看见
朵朵白云升起
看见你已把这个世界
藏在背后
看见远处的一众菩萨
正升起袅袅炊烟
看见你擦干留恋的眼泪
看见你嚅动着嘴唇想说点什么
看见你不舍得把拉着我们的手放下
看见你把那么多的无奈
都放下了

没有转身就一点点隐没了
隐没得悄无声息

骨 头

最终被思想和身体所遗弃
成为一堆白色的象征,白色的回忆
归宿。化为泥土前的另一种仪式
坚硬的已不再坚硬
失去支撑的意义
只能选择落寞
甚至没有人去敲击一下

光芒散尽
只能向尘埃默默地致敬
只好等待在下一个轮回里
重新地站立

祭 祖

门前一条高铁,身后一片高坡
穿过被大雪覆盖着早已收割完的玉米地
在这片斜坡之上他们依次排列着
祖太爷、太爷、爷奶、老爷老奶,直至父亲
祖太爷、太爷只存在我的想象里。叩头
这个头更多地叩向黄土和蒿草
到了爷爷奶奶和父亲。这个头
叩向了一切可感知的过往
叩向了爷爷的挑担子、奶奶的火盆
以及从早叼到晚的铜色烟袋锅

从脚下的黄土延伸开,辈分渐高
从我们能触摸到的亲情,到高坡
再到高坡之上的厚土黄天
以及更为高远的云层和云层之上
我知道一众的祖先,近在头上三尺

远在高远蓝天之上。每一个头
都能感受到来自黄土深处和白云之上的慈爱
那山高水长的目光正一点点地落下来
如昨夜的这场大雪
只为把我们这一行朝拜的足迹抱在怀里
然后数着指头等待在春天里复苏生长

光 芒

我总能从一切有形中撞见它
不必仰望。俯身就能拾起
哪怕在黑暗的深处,夜色的深处
甚至,在许多我们肉眼看不到的地方

是的。我说的是光芒
比如刚刚我穿行过的老家秋天里的玉米地
比如大娘家晒在窗前的一帘红辣椒
无论它变幻成绿色黄色棕色红色
无论它藏在暗处长在枝头
还是被切成细碎模样
我都能看得见它熠熠生辉
在每一捧泥土中,谷物里
都能看见那些潜伏下来的光芒

在回去上坟的路上

在秋天空旷的田野中穿行
在老父亲那缕神光暗淡许久之后
我忽然天眼顿开
无论夜里还是白天
都能看得见那缕缕光芒
在飘落,在闪动
就如过往那道慈爱的目光

在月光里把紫色的伞撑开，侬偎在她的香气里与世隔绝。从此，不食人间烟火

把那些被人遗忘的脚印一个个捡回来，传世并长久地活下来

将心事托付，把思绪一点点撕碎，把一床破棉絮从窗口倒出去，就像诗歌。等它们飘散到现实以外，再用心把自己喜欢的捡拾回来

优雅的隐士,把一个社会的趋之若鹜放下,把一个又一个想法放在雪水和露水里洗

山下耕种，山坡上歌唱，大山把我诱惑得一塌糊涂

把颂歌埋进这片土地,把我自己也埋掉,然后沿着它们的根须,再来一次,微不足道的成长

辑三

宁 夏

不写风沙和牛羊 黄土和高天
只在大地的深深开裂中冲刷我们想象

在岁月中苍老并让世事变得惊天动地
在日常生活中雕刻自己 横陈于世并神一样供养

放进一杯烈酒里燃烧并苍老自己
大漠孤烟 落日里把劳作变成化石和古董
吼得风起云涌 一地苍凉

经得世事 苦难才会爱上她
把自己粉碎风化 看看还能找到几句诗行

赶一群羊叫
走进大西北的意境里
不再一惊一乍

海 南

穿透浮华才能看得懂大海
始终停泊在夏天里,只有方言才能驱动它

赤着脚走进吴冠中涂抹的那团绿色
一夜繁华。拿起皱皱的百香果仔细端详

鬼魅并且妖艳,正一步步远离人间的烟火
海岸线。坐在弯弯的月亮里越飘越远

简单的想法。没日没夜地膨胀起来
在椰梦里,建造故乡以外的另一个故乡

你在一朵花上繁荣
我在一朵花里沉寂

大戈壁

龙鲤之魂
依旧在那里呼风唤雨
逆流而上
在大海干涸之后
仍选择与风的搏击

每一张鳞片下
流淌的都是带血的故事
哪怕血肉与骨头早已被风带走
那口气息还在,即便化作沙丘
仍以游动的姿势横亘于天地间
让那一片片鳞片飘动成号角和旗帜

大草原在遥远处
甩出一个接一个的鞭哨
沿着风的方向

慨然吟诵蒙古长调
号角的魂魄
抑扬顿挫,飞沙走石
呼啸与嘶鸣扑面而来
一排排站立的金戈铁马
山丘已被铁蹄踏尽
只剩下最凌厉的部分
如钢似铁,仍在仰天长啸
鼓动着森森白骨
留下清冷的目光
仍在天地间汹涌澎湃

行吟者用骨头在歌唱
把自己与外人一道埋葬
千年一盼,只等那个夜不能寐的人
再来看自己一眼

新疆表情

学会与石头对话
还有大漠和苍茫
沉默的语言
只能用最丰富的表情来传递
情感已深藏不露
错愕与惊奇
一个鬼脸
接着一个鬼脸

何止五百秃头罗汉
五千抑或五万
三界佛陀齐聚于此
把肉身深埋进了石山佛土
只留下这一个个光头
与一张张怒目的表情
留下一地惊奇

仰面大笑
抑或慨然长叹

已将千言万语
雕刻成这连绵的起伏
吹得动风沙
却独独吹不动
这一张张表情木讷的脸

写意天山

折纸的艺术
天山用褶皱征服世界
一个褶皱连着一个褶皱
起伏抑或凌厉
朝向统一的方向

把所有的岩石
都折叠得富有音乐的韵律
在天地间恣意铺展
把最尖硬的部分留在身边
然后是稍远处的戈壁和更远处的沙漠
匍匐或者依偎
都是为了完成最终的朝拜

在博格达的注视之下
岩石与沙砾

都有了呼吸与跳动
鲜艳的血色
正一点点地渗透出来

刀尖上的耸立
直直地逼迫过来
壁立千仞的目光和语言
早已开满铜花铁锈
亿万斯年的修行
在漫山弥漫
一花一草抑或一云一杉
早已不食人间烟火

库尔勒

把少女的香气挂在枝头上叫卖
当然,还有那火辣辣的情歌后面
半掩着的红云。还有生长在
维族少女舞动的肩膀与手臂上的大漠与天山
把胡杨、红柳、骆驼草
还有那细细的钻天杨都比下去
一树香梨。已让整个沙洲沸腾且安静了下来
遍野滚动着经文与祈祷

爱情开始发芽生长
孔雀和天鹅的叫声破石而出
需要懂得石头与沙砾、荒原与大漠
才能懂得这一口甘冽
为什么能轻易地就醉倒这座座雪山

只要你敢亲一下,吻一口

就会化为大漠深处的一块石头
就能近距离地嗅一嗅她的香气
心口如一,从此只会更加心甘情愿

罗布泊沙漠

风的角逐场。锐利的哨音被扔了一地
还有那风也吹不走、雨也淋不湿的
漫天愁绪。坚硬的外壳
早已承载不动历史与时光的托付
史前与后现代艺术被如此随意丢弃与置放
超越想象更超越创造
把蛮荒的道理演绎得淋漓尽致

思想还没来得及喘息
就已被这片广袤击碎
从头骨到躯体彻底地破裂
破裂为石、为沙，为一阵阵卷起的尘土
让所有的水分、血肉都随风而逝
走进荒原大漠深处
碎或者不碎。只剩下一粒沙子的时候
张开干裂的喉咙用尽最后一点力气

喊声,我爱你

如此,你就会发现这片大漠

在这一刻,为你奉献出的美丽与神奇

喀纳斯

是的。只需一步
来和没来的区别就在这一步
想象和超越想象的差距
也只在这一步
举棋不定犹豫不决
甚至将遥远想得十分恐怖

只要你肯跨出这一步
迈进喀纳斯的门口
是的,一步
不多不少就是这一步
已跨越了你过往走过的
所有人生旅程
一脚还在沙漠
一脚已迈入天堂

要想好了
举步前，故乡就在你的身后
步入后，故乡就飘落在眼前的
山坡草场上
没错，你一眼就会认定
这是前世的前世
故乡的故乡

山坡上放牧的是云朵
河流里流淌的是奶香
唱歌的是成群的牛羊和马匹
一辈辈祖先
就隐身在那片高远的蔚蓝里的雪山上

不再轮回
等着你、盼着你、看着你
一步步地走回来
好好地爱你
如爱这里的一草一木、一牛一羊

在白哈巴吃羊肉

夺人心魄。怎一个香字了得
毫无征兆的一团香气
香得不食人间烟火
夺走了其他一切知觉

味蕾彻底地开放并且投降
万花之上，爬满所有的馋虫和馋意
一口咬掉半个新疆
再一口将整个草原吞下

在白哈巴吃羊肉
在雪山的注视之下
在那片天堂草场的围绕之下
在哈萨克木屋的炊烟里
在夕阳西下的长长画卷里
我把白哈巴含在嘴里

并一点点地融化

到了这一刻我才知道
白哈巴是用这口羊肉来点化我
一口已羽化成仙
再一口又跟着羊群飘落回到了
这梦里的白哈巴

鸡 西

因为偏远和平庸
我热爱她
因为产煤而变得多灰尘
我还热爱她
因为不够富裕发达、有些贫穷
我仍然热爱她
因为寒冷
因为日益搬空的村庄
还因为煤层采掘后的塌陷
还因为那一个个叫区
实际上看来就像是一个个
小小的村庄

是的,就是因为这些我热爱她
这个并不是故乡的故乡

除去这些缺陷
再也找不出她还有什么毛病
就像一个粗门大嗓只知喂饱你的老妇人
和你没有一点血缘关系
却把你当成她的亲生儿子来抚养
你说,除了加倍地爱她
我还能再有什么选择

那些来了又走
那些长大了再也不回来的人们
告诉你们雪花又飘落了
此刻正纷纷扬扬

故 乡

按住心跳,按住村庄
再把漫天的白云也按住
还有远山和那蓝蓝的背景
听遍野的青翠在尖叫

一畦一畦的水稻田把村庄围成童话
别一惊一乍,不要惊动了秧苗和青草
把眼镜摘下,把虚幻处擦得更清楚
纯净的抹布把蓝天擦得富有了蓝的深度
在云朵里插秧并生长
用白云供养粮食和黑土
玻璃瓶碎了。只好把童话放进我们心里

在青草之前,白天鹅来了又走
在青草之后,白天鹅只能用倒影来守候她
遍野也找不到走失的魂魄

那一捧熟悉的黑土被我攥得
只剩下这殷殷绿意

兴凯湖 之一

在太阳未出之前
蹑手蹑脚地走进这片地老天荒
那是一个秘境,将一切都抛诸脑后
思想。在残雪、枯草和老榆树的画面中
坐下,看野鸭浮在水面上无声地流淌

素昧平生。几点白雪停在树枝上一动不动
东方白鹳的翅膀缓慢而有力
与倒影共舞。在远离人烟的地方
无须感悟,她们已通神意

盛大的演出,在晨光里进行
灵魂的舞动。因为虔诚
一切变得出乎想象的优雅
完美得已不需要鼓动和掌声

那就垂钓吧,像个老渔翁一样
一竿在手,只钓这片寂静和澄澈

兴凯湖 之二

天堂之门。晨光曦微间已开启
千年的沉寂,苇草和树木任意地繁荣或死去
大自然的交响。襁褓和坟墓都一样诗意
无人打扰,且各安天命

一河、一湖、一只白鹳就已经足够了
灵魂的舞者,在水面上低飞且痴迷
天使的翅膀巨大而有力
她的微笑有如神谕、宛若天光
在这个早晨我一脚跨入天堂
把这一刻的寂静拉长再拉长

回到千年之前的世纪洪荒
在苔藓和枯草中寻找很久以前的自己
在一首歌里生存、老去,守着涛声
哼唱一世。放逐一塘野草和水鸟

在湖光天色里,归隐
摇一船鲜花和鸟鸣,在三世里沉醉轮回
不再上岸

兴凯湖 之三

举步即为天堂
用心跳、呼吸和眼神都能感知得到
张开手臂就能相拥入怀
甚至你还未来得及张开
就已被她拥入了怀中

你随时随地都能感知得到她的心跳
你时时处处都能触摸到她爱你的目光
她把柔情写满树叶和青草
她把思念揉碎在蓝天白云里
揉碎在那片湖光山色中
每一缕飘荡的轻风
都传送着她深情的呼唤
她含情脉脉地盼着你、等着你
她丰腴的腰肢
已为你梳洗打扮千年万年

爱你,直到地老天荒

因为爱你
她让刻骨的相思绽放成惊世之美
在四季轮回为你忏悔、为你祈福
把经文写满叶片、苇草、云霞
和这满满一湖的波光
她那样真切地爱着你
你却越走越远浑然不知
只等下一次的宿命和相遇
然后,深情地醉倒在这片湖光山色里
才懂得什么叫作爱情

活着和死去在这里都变得
轻而又轻

兴凯湖 之四

一浪高过一浪。浪的高度
高过夜色、树梢,高过我们的想象
沉醉外加疯狂。驾驭所有的汹涌和咆哮
大湖之水把我们团团围住。无处可逃

野性与沉静。都在这一刻排空而来
一浪已将我们淹没,一浪又把我们拯救过来
直立行走的水,在三千尺上和我们对话
今夜的交欢,只一次就把骨头啃噬得一干二净

重回母体。轮回前的一生一世
把漫天星光和遍野的黑土都遮挡起来
只留一只耳朵去倾听和感受
那亘古洪荒前的跳动。温暖而澎湃

兴凯湖的鸟

会飞的树叶和湖水
鸣叫的天光和灵魂

在季节的弧度上追逐并恋爱
一万只鸟
画出一万条弧线
万弦齐鸣
只为弹奏这千古静谧

在指尖上飞
在心口上停
把万顷波涛衔回我们的心脏
把我们和祖祖辈辈都送归回苇草
把这里送归地老天荒
把兴凯湖的每一滴水和每一粒尘土
都送归——天堂

到兴凯湖来看海

今天是谷雨
在二十四个节气里
你找不到她
她的美把劳作深深地掩藏

今天写诗的人很多
走进唐诗宋词的深处
你找不到她
虽然很久很久了
她就在白天鹅的翅膀下梳洗打扮

今天的春色
正在南边浓烈着
在所有花枝招展中
你找不到她
虽然她已绽放了数千年

今天去看海的人很多
但在海子的诗歌里
你找不到她
她作为海的存在
早已毒药般地蔓延
并无药可救

邂逅梅花鹿

在兴凯湖的湖岗上
玩小时候看图识字的游戏
放下车窗
一群梅花鹿就闯了进来
我们对望了许久
如清澈的童年
几十年的思念
直到今天
才从纸的背面走到了纸的正面

青草的魔法
把精灵从森林赶了出来
与神灵的对视
只一眼就够了
已抵达草原和森林的深处
已抵达蓝天白云和湖水的深处

还有什么能比这更为幸福呢
就在这一瞬间
失去的都被我找了回来
比如说那最初的单纯
只是互相看了一眼
却要用很多年的思念来偿还

在一个叫亮鲜的村里听蛙鸣

把耳朵挂在云上,种在稻田里
让一地的蛙鸣把身心吹成半透明
在树叶和苇草中打滚
在呼呼作响的风里
在沉醉痴迷的大合唱中
用心去分辨它们
然后,把它们一个一个地
用锦盒分装起来
把田野的还给田野
把祖宗的留给祖宗
只把童年的那一盒旷野留给自己
返璞归真,只听属于自己的那一声
只一声,就把我们的魂魄喊了回来

一个鲜族的村庄
破败中只容得下蛙鸣

泛绿的老屋行将重归泥土、重返稻草
佝偻的身躯把蓝天白云支撑得更为高远
最后的散落。把悲壮演绎得毫无声息
叶落归根。把蛙鸣里长出的乡村还给蛙鸣
就像我们在幸福里生长又在幸福里死去

裴德小镇

篱笆墙里的少女
什么样的福分与缘分
才能惊得动她的美丽
蓄一弯秋水
已爱你千年万年
遗世而歌
哀婉动人缠绵悱恻

少女的情怀
阳光和月光的交响曲
把音乐铺满每一条街道
她装满柔柔的浓浓的心事
就坐在那朵野花的后面
充满期待

没有鸡鸣鸭叫

把每一个白天与夜晚

都写满思念与静谧

弹性与光泽

把少女的美演绎得淋漓尽致

左手一束鲜花

右手一束哀伤

织就漫天的梦幻

用惊世骇俗的纯净来爱你

在青草的香气之上

蓬勃得不可收拾

不用更多地表白

遇见就是最好的安排

珍宝岛

把大雪赶回冬天,赶回童话
赶回你含了一生的妈妈的乳头里

把浓绿赶回夏天,赶回石头
赶回地老天荒里那片青葱的爱情

把野花赶回湿地,赶回流水
赶回春光里仙女沐浴的河塘

把落叶赶回天际,赶回殿堂
赶回那些天高云淡的心思和心事里

把歌唱和守护赶回心头,赶回血液
珍宝岛,只一次就再也走不出她流淌的目光

乌苏里江

把青草揉碎、杏花揉碎
把蓝天和白云都揉在手掌心里
把一个春天揽入怀里、放在心上
将这一切沿着伊曼河和松阿察河铺满
交汇混合,然后缓缓流下
这条香气四溢的江水就叫乌苏里

仙女的浴场。把月光披在身上
把柳枝拿在手里,乌黑的长发披散在岸边的
黑土地。古老的情歌舒缓而恬静
在梦乡里为你梳洗装扮,提罐而立
只等那一声高亢的唢呐骤然响起
吹去那薄薄的晨雾,看一眼并爱上她

大聚会。源头来自于草尖上滚落的露珠
来自于南方的桃汛、北归的雁阵

来自于柴门吱呀的吟唱,乳房里饱满的流淌
把摇篮曲哼唱进梦里、云上、月色中
走得多远,都让你走不出她的心房

最后的归宿。让灵魂不再东游西荡
在黑土地上安家,在老榆树下那个高岗
一把锄头、一仄小院、几垄田地里养活自己
为她献上我最后的歌谣和泪水
祈求她的宽容,并把灵魂收留滋养
依偎在她的臂弯里把自己完整地献上

中央大街

把时光嵌进石头里,铺一地的细碎和沧桑
俯身倾听,马蹄从久远处传来的回响
石头的故事。如一队队排列整齐的士兵
细致紧密。足以承载一条街道和一座城市的生长
石头上的鲜花和宫殿,结痂的刀疤和红尘

所有的美都是从脚下升起来的
到这里一定要有一双好鞋,
踏着音乐的节拍,摇曳生姿
一万双鞋走出一万种风情
把音乐和翅膀还给石头
还有年轻的梦想和古老的洋气
在百年的岁月里走一遭
和那些走过的人唠唠
那些把灵魂和爱情留在街道上的人
那些用了一生的长度也没能走出街道的人

那些对街道心生崇敬、视若神明的人

且行且珍惜
体验一块石头的幸福与冲动
把华梅和马迭尔抱在怀里
把圣·索菲亚大教堂捧在手上
把赞美诗唱给松花江
把身躯深深地扎进黑土地
在朴素和卑微里静静地打磨自己
用微弱的光亮
把璀璨的霓虹比下去
每走一步
都把一块石头点亮

哈尔滨大剧院

我一直很纳闷,为什么选择
这块黑土,这片湿地,这条江水
在那片空旷里突兀而起
没给人们一点心理准备
把云层拉得更低,把天空映得更蓝
让一座城把之前的都看成了羞愧

出世。停顿。把周遭的腐朽
瞬间点化成神奇。把粗犷、大雪、豪迈和寒流
统统压在身底。那是冬季土屋的那盆火
那是先人叼在嘴上的烟袋锅
在岁月的淘洗中出土,只剩下清冷的骨骼
让你来倾听,来敲击,来顶礼膜拜

那是一个多么宏大的构想
把澎湃的江水引入后台来伴奏和鸣

把这片黑土日夜唱颂得如痴如醉
音乐的质感 梦幻的弧度
抬眼望去就能体会到什么叫惊艳和幸福

未闻其声,已不知肉味
只剩下怦怦的心跳
敲击着这片天光
和天地间的这个最后的支撑物

哈尔滨薰衣草庄园

只想把眼睛闭上
只想把身躯和想法都扔掉
只想化作花魂下的一捧黑土
只想如这迎面而来的阵阵微风
只想如守护这里的蓝天白云
只想此刻变得无形无迹
只想在这片花海里化作香气一缕
只想为你薰衣

最后,把这一点想法也化掉
化成一缕香气该有多好

吊水壶的水

一片汪洋。挂满山坡
最原始的绿,最恣意的流淌

到吊水壶爬山看水
不能寻着山涧和溪流去找
必须沿着山峰的指引,绿的方向
在阵阵松风里把身心交给最清脆的鸟鸣
岩石和根茎的方向是其流淌的方向
到吊水壶不认得黄玻璃和老山槐是不行的
哪怕低矮处的那一蓬蓬山葡萄
所有生命的方向都与山和岩石相呼应
敲击天柱和地柱两峰
就能听到瀑布的凌厉

吊水壶悬吊的是一众的生命
吊水壶漫山遍野流淌的是原始的血液

不管你找没找到吊水之壶
一走近她，就早已被她的水所淹没

在二龙湖边安个家

一汪碧水。推开门就能流淌进家里
沿着垂柳的翠绿、青草的香气流淌进来
可能还有鸡鸭的鸣叫和乡村的气息
白鲢和鲫鱼就在你的身边游走
朵朵白云和片片彩霞直接从窗口飘进来
放下书,撑一叶小舟从客厅出发
泊进云水深处
在暖暖的风里睡上一小会儿

在自家的院子里耕种
不种花草、庄稼和蔬菜
清晨里只种蛙鸣
夏夜时栽种点点的萤火虫
带着耳朵眼睛去劳作
在香草中把手和工具洗了又洗
捧来满天星光

把大自然供奉在院子里
像供奉神和祖先
在劳作中虔诚自己

比故乡更为熟悉和向往
在静倚天光湖色的院落里终老
把满壁的诗书散落于每一个角落
在时光里穿行
把每时每刻的心跳记录下来
只吟诵写给自己的经文和诗行
直至白发苍苍

三十年

用溪水把我们缠绕住
用一座大山把我们与世隔绝
用漫山翠绿和满天白云来烘托氛围
从小河里一瓶瓶把啤酒捞出来
几张宾县的干豆腐
一捆葱，几根黄瓜
在一片沙滩上我们自己幸福自己

醉倒不起，然后灵魂出窍
拽着三十年前的影子
碰一杯，说点酒话
告诉他招呼好大家
醉了就扶我回家
在这青草地上舒舒服服地躺下
不再理会梦想和有关梦想的鬼语
他妈的，没有梦想那阵子
多他妈的牛×

重回校园

致敬。那经常一翻而过的围墙
那片长满猪食草,又被啃食得一块一块的操场
还有那几棵被我们练习过的老榆树
那个已经找不到了的平房教室
几张还躺在屋后的水泥球台、钢管双杠
楼后的假山依旧,林里的野草疯长
向所有的演算和练习、根号和平方致敬
向所有的懵懂和青葱,甚至逃课致敬

在命运还没有开始发挥作用的初始之地
我们都年轻得一塌糊涂
有几个老师和一群学生就已足够了
在一堂课里我们贫穷或者富足
留下琅琅书声把青春湮没。空怀远大志向

把功利和欲望都隐藏起来

用寒窗和苦读把一切都挡在外边
我们专心致志地寻求看破自己
最终也没能看破未来和迷茫

飞舞的想象。在一间教室里肯定经常碰撞
不经意间我们已经彼此相守相望
不为终老，只为沧桑望尽
还能找得到窗后那双无比清澈的眼睛

你在一朵花上繁荣，我在一朵花里沉寂

举步前,故乡就在你的身后;步入后,故乡就飘落在眼前的山坡草场上……

已将千言万语,雕刻成这连绵的起伏。吹得动风沙,却独独吹不动,这一张张表情木讷的脸

会飞的树叶和湖水，鸣叫的天光和灵魂

把耳朵挂在云上,种在稻田里,让一地的蛙鸣把身心吹成半透明

辑三

只是互相看了一眼，却要用很多年的思念来偿还

辑四

黑土地

她美得惊心动魄
把自己赤裸地展示给你
为你深情地歌唱
捧出鲜花 奉献泪水
为你打理一生所需的一切
春暖花开 丰盈茂盛
她挽起五彩衣裙
在炊烟袅袅处等你

为你奉上粮食、水和梦想
她养育你、呵护你
却鼓励你去远方流浪
无论你走得多远多久
她都把自己站成一面思念的旗帜
四季里五谷飘香

我总是向土地的深处张望
寻找骨头血液最原始的模样
倾听她的心音
一次又一次地亲吻她

我想把爱还给她
她给予我的太多太多
我想把自己化成黑土地上的黑
从此了无形迹
只剩下那一捧黑油油的亮

在黑土地的深处呼吸

深呼吸
温暖和温润
被冻结了的日本海海风
从兴凯湖上吹来

深呼吸
氤氲和绿意
青春正诗意般地苏醒过来
她的腰身丰腴动人

深呼吸
广袤和粗犷
黑土地黑得如此亲切
浓烈得让人一眼望到边际

深呼吸

辑四

河开和花开
枝头最细微的爆裂绽放
让人身心陶醉

春天来了

打开窗户
把春天放进来
或者干脆跑进去
让我们心猿意马

就在这一刻
她已为你敞开胸怀
还有什么比这更幸福的呢
我们追求崇拜她许久
拥抱你亲吻你
敞开身心任由你流浪或沉醉

在她的目光里
我们一次又一次恋爱
这一次
她格外的温暖和善解人意

捧来所有的娇媚
在你的心头一点点化开
然后看着你一点点地
变得失魂落魄
如我们早已逝去的青春
找也找不回来

每年都例行地在枝头之上
狠狠地再来
折磨我们一回

在春天里

在春天尚未发芽的时候
在冰雪刚刚消融的季节里
我更愿意赶在万物萌动的前头
走进那片原野、田地
荒草和秸秆的深处
如果能幸运地刚好走进
那片刚刚翻起的农田就更好

我知道
所有的春风都是扑奔她而来的
所有的雁阵都在向她飞奔

我知道南方的桃汛
已经抵达她的内心深处
那漫天的蓝和漫天的云
都是为了衬托她

我知道
这个世界行将产生的一切变化
只是欢迎她的醒来
在田野里把一锹黑土翻过来
然后郑重其事地告诉列祖列宗
春天来了

祖宗的话只说给种地的人
那些最先前来打探消息的人
那些新鲜温暖的语言
被那个口吃的人扔了一地

一锹一锹地把父辈祖辈翻起来
透一口气儿
在蓝天白云下
坐等,这一季花开

思 念

风吹来思念的味道
春天里我却不知去思念谁
青涩的岁月站在远处
风尘仆仆中
谁不期盼收获意外的惊喜

花的速写

花开了
一树的惊天动地

花落了
谁懂那遍野的笙歌

她在春天里老去
老得很快却很美、很美

在春天里
她只是个过客
就像早市的叫卖声
只一会儿就被打扫得
干干净净

哈尔滨的早市

一分钱可以买两滴露珠
一角可以买一捧黑土

青草的青色和田野的香气
甚至蝈蝈的叫声和山林里的松风
都拥挤在这里叫卖

赶来羊群和白云
挑来溪水和翠绿
粗门大嗓地叫醒我们

住在乡野的母亲
赶在太阳出来之前
把最新鲜饱满的乳头
放进我们嘴里

那一地的喧嚣与琐碎

只剩下甘甜在流淌

春天只在早市上叫卖

在花开之前
小区的早市就开始卖婆婆丁了
绿莹莹的一簇
还带着冬天的苦味
那是大妈们在枯草中找到的惊喜
它的珍贵在于能去春天的火气

婆婆丁 刺老芽
再配上大棚里嫩嫩的几样青菜
蘸着鸡蛋酱来吃
这是黑龙江的吃法
这种食材在大福源、沃尔玛
远大和卓展的精品超市里
你找不到它

它鲜嫩得就像一种气息

只有带着泥土的双手
才能呵护得住

它是人间烟火里的嘈杂
水灵灵的乡野
多大的超市也包装不下她

说了这么多,只不过想告诉你
没经历过漫长的冬季
你就完全体会不出
春天被一口咬在嘴里的感觉

端 午

一个人离去,艾草遍野的哀怨
摘一把蒿草过个节,草尖上的热闹
在早市上世袭相传并风靡不已
有谁注意到从沟渠弥漫到荒野的哭泣
连根拔起,用枯萎和流血来祭奠
几株无足轻重的野草,在端午里被过分看重
用最新鲜的草香驱除看不见的异类
门楣上的《离骚》,让行吟的屈子更后悔

关于蒿草、沟渠、荒野,还有几人心存感激
草尖上的争吵和利欲熏心,在不停地上演
只有选择纵身一跃,把心脏留在草尖上跳动
把肉体和世俗都浸泡到江水里冲洗
把一生隐没在艾草的香气里。最后的吟诵
只是为了把楚辞带回没有人迹的荒野

懂吗?嗅一嗅草香,就可直抵屈子

这一刻

这一刻的天空抹了蜂蜜
这一刻的天空中流淌的该是甘甜
这一刻天空的底色上写满了幸福

这一刻
是急风暴雨过后的初晴

这一刻
是彼此偶然间的一次无意的张望

这一刻
是多少轮回中的一次普通的相遇

这一刻
是故乡和我一头撞在一起的时候

在这一刻里
我放下漫天的思绪
当然还有所谓的诗和远方
让我们深情地对视这一刻吧
那样深爱着我们的故乡

爱她
这一刻
爱她这生、这世、这一场

蓝 问

这片天空
为什么这么蓝
蓝得不可想象
蓝得胜过城市里的那展览
想想他们挺可笑的
还没见过什么叫真正的蓝
或纯粹的蓝
就在那里搞什么
蓝胜于蓝

更可笑的还有
总抱怨天空的城里人
他们在雾霾中创造
这个蓝、那个蓝
问题他们还满世界吹嘘
并展览自己的天真和无知

悲哀而又陶醉

有人问我
你的照片一定是P过的
天怎么可能这么蓝
云，怎么可能这么白
我也想问问北大荒的这天这云
问问上苍，何以独独给她这份青睐
问问这山这水、这方田野
问问这里劳作的人们

扪心自问
蓝何以胜于蓝
何以蓝得实实在在
何以蓝得连尘土都安静地
落了下来

何以蓝得我每一口呼吸
都如这里的青草和树叶一样
自由蛮荒得无声无息

又酣畅淋漓

采摘小记

当我从城市里走出来
把钢筋混凝土和一声声
汽笛,抛在了身后
不再系挂关于自我以及这个社会
把欢乐和苦恼
都抛在了脑后。不再开会了
也不再运用规矩和规则来抵御
一切的汹涌澎湃
我把自己放逐田野,放归黑土
放置回原始的那一刻
听凭春天的指引
为一朵小白花
一颗小红果,一片绿色
诱惑。让我们坦荡得彻彻底底

把所谓的思想与灵魂都放下来

我确信我此时在野外
摘下一颗草莓所感受到的
那份幸福,那份珍贵
甚至在内心掀起的波澜
无人能及

我摘下的不是草莓的酸甜
而是祖先以及祖先们曾经流过的
汗水。还有他们的教诲
采摘的幸福
全在于你要弯下腰来
拜一拜这片土地

鸟 鸣

清脆。把所有的沉闷都击得粉碎
四两拨千斤。只一声就拨动了时针倒转
一世的繁华,退回到亘古洪荒
就在这一瞬,所有的疼痛和梦想都回归了心脏

千回百转。出窍的灵魂被神圣的光线指引
众神飘然而至,在这一声中抵达此岸
这一声,看得见却摸不到的鸣叫
就藏在这片翠绿中
叫得山高林密,春花烂漫

所有的幸福,都在这一声中抵达
就像这不期而遇的拯救。简单中的纯粹
纯粹得毫无杂念。得道成佛后的歌咏
干净得,没有一丝一毫的欲望

果子熟了

一场轰轰烈烈的爱情。正在山坡上
上演。少女的情愫与脸庞和那扑通扑通
急促的跳动。蓝天和白云再也覆盖不住
绿叶也掩藏不了,那深深的躲藏已鼓胀成船成帆
空气中飘满了对即将远航的渴望

火辣辣的眼神,朝向山外的路口
深情地张望着。一团火在跳动
已把皮肤点燃。所有的秘密与相思
早已酝酿得酸甜可口。四野环抱
把这一处的野花野草映照得生机勃勃
宁静与热闹均已准备妥当

瓜果飘香,鸡犬鸣唱
已准备列队欢送
就等那一声高亢的唢呐

骤然间从云端飘落。最后的拜别
热泪与憧憬。为一世的仰慕不顾一切
活一回,只为爱这一场

秋 色

已该归去。一头斑斓的花豹
穿林而过。尾巴还留在田野
咆哮却早已没入群峰和岩石
只剩下这遍野的回声
在漫山地奔跑

你追我赶,大呼小叫
四野和村庄早就屏住了呼吸
一路追逐到群峰的最高处
送上云头,只为仰天一声长啸
看萧萧落叶缤纷如雨

我已养你四季
只为倾听心头这斑斓一吼

五花山

非要登高望远
树尖上群峰伫立层峦绵延
花团锦簇,锦绣千里

花头巾遮得住青山
却独独遮不住这彩色的咏叹
千年万年的等待与期盼
已在山沟里泛滥成灾
早已惊艳得不堪招惹

这赤裸裸的热烈。看上一眼
就会醉倒在这万山深处
无须鲜花,更无须争奇斗艳
从枝丫到叶片
甚至于会呼吸的岩石
都在这一刻波澜起伏

壮阔如海

是谁在指挥这不变的旋律
生命的合唱。在凋零中的呼唤与盛开
为你。山河均已变色
在这万马嘶鸣时
还问什么归去来兮

落叶 之一

敝帚自珍，驾一阵清风骑行
把一条破帚骑出骑士的翩翩风度
在缤纷如雨中穿梭往复
用从枝头到地面的距离演绎完整的一生

收敛起所有的欲望
把这世捡拾的光芒都还给季节
变黄，变红，直到最后失去血色
再把五彩的衣冠排放整齐
还有收拾妥当的那一地的阴影

多少心事已无处躲藏
夜半里的眼泪无须对谁流淌
疼或者不疼早已无人知晓
艰辛的拾荒者。只捡拾温暖和光明
过去，也曾歌声萦绕

如今回乡还魂却一路缄默

已守你
多少个日日夜夜
秋风骤起
却不再飞翔

落叶 之二

一群小鸡雏刚刚走过
留下一地的脚印和毛茸茸的背影
还有那想捡却又捡拾不起来的
一地叫声

秋风秋雨的树下
在这铺满落叶的小路上
这一地细碎的青春或童年
毛茸茸的鸡雏轻轻地
叨了我一口
这捡也捡不起来的
伤感和遗忘

还有苍老,早已不能对视的一切
远还是不远,一切就在眼前
走过去,却再也走不回来

步步惊心动魄
又步步充满怀念
在这叫声里我们一步步深入
各自的秋天

所有的深情与妩媚
都在这最后一刻里展露无遗
芳华落尽之后
仍优雅地说
我爱你

小院里的红叶

少女的心事
躲闪在翠绿的深处
掩藏起来,从未表露
她关注你爱护你围绕着你
从来都是笑意盈盈

她用情很深
在绿意里早已自我陶醉
守护一条小路
守护你常常坐下片刻的长椅
守护那漫步而来的一份闲情与诗意

擎起一片绿荫等你来
从初春到盛夏
只是默默地看着你,来或者走
用回忆温暖自己

早已经历了很多风雨

这一回真的要走了
只剩下这再也藏不住的心事
寒风中如泣如诉
亦如心底流血的泪滴

相思如血
朝着你的背影和怀抱里的脚印
归去

一朵牵牛花的秋天

无人能懂。当秋色从根茎中漫延开来
一种极为贪婪的吞食,正悄无声息地上演
就在墙角处,背景已被秋天轻易地爬满
叶子黄了,枝条也已干枯

被她柔柔弱弱点亮的那段院墙也变得
生硬不堪。拒绝与摧残已经开始
一点点地向那个盛开的季节
伸过手去。牵牛的固执与缓慢
谁也阻止不了。她像一个拆迁中顽强的钉子户
断水断电之后,仍把最后的血色涂上双唇
把最娇艳的部分保留到最后
在烈焰熄灭之前,用尽最后的一点力气
留下一个亲吻。撒缰而去
只是为了让野蛮的牛,变得不再那么野蛮
如花的笑靥正漫过季节的最高处

在枯枝的前头用微弱的光亮

惊动每一个无意中撞到眼前的生命

温柔的目光挂满枝头

只为在把这一世的眷恋收走前

再看我们一眼

飘 落

一个秋天的重量。轻而又轻
轻到只能随风而下,芭蕾的弧度
天使的降落。一枚树叶
就可以承载的轻盈
从天而降,从四季的深处
从目光的深处

当你开始关注的时候
最初心里的那抹嫩绿
抑或一芽鹅黄
看着她守着她历经风雨摇曳多姿
在长椅边在窗口外在梦乡里
一天天地黏着你的目光

那是一种寂静无声的注视
不经意间已千言万语,直至地老天荒

在这千万枚的飘落中
只有这一棵的飘落
让人独自忧伤

咬 秋

一口就咬回了童年
再一口已让我们的后半生充满了思念

把秋天从枝头上一口咬掉
再把秋天安放回高远处的蓝天白云里

在季节的深处把亲吻奉上
在最绚烂的时候我们只能情不自禁

咬一口秋天
就是为了再深深地咬一口青春时的自己

大 雪

等你好些日子了,还没有到
在哪儿喝酒吃茶?风花雪月
一个人的等待,与这个世界毫无关系
与科学无关。早知春雨、秋风、夏花都靠不住
早已走了。只留一扇窗棂儿
等你

在你未到之前只能读诗
读那一首首咏雪之作
读这一世的苍凉与洁净
其实,在这场大雪未来之前
深夜里,我早已听见了你的声响

如听这一世的人生
挺好

梵呗清音
——听琼英卓玛诵唱《大悲咒》

静下来。让松风和溪水走进岩石
让整个世界都安静地降落在对面的山坡
悬崖下的幽谷。抖动的睫毛和清晰的心跳
将这一切都揽入怀中，收纳进袅袅香火
朝觐佛陀，拎一只耳朵就足够了，无须心灵
听溪水和松风在佛陀的心上舒缓地流过

用此刻的寂静把躁动和喧哗刺破
放空身心。横一支古箫吹奏我们自己
溪谷的跌宕，一点点地把我们浸透
让月色漫上来，让故乡飘进来
在一花一草的生长和绽放中轮回我们自己
在优美的旋律里涅槃或者重生

风过草原。把空旷吹荡得更为空旷

骑一匹快马,把悲伤追赶得一地细碎
把月色洗得更白,把起伏拉得更长
把最初的爱情还给地老天荒
把走失的都找回来,那些匆匆忙忙里丢失的
让心跳的节拍与天地重新合上

自然而然。心底里的流淌
从往生到今生,从今生到来世

大悲咒

梵音飘动。涅槃或者重生
我早已有了这样的想法
跪向群山,跪向白云
跪向那一峰接一峰的孤寂

那山那石那寺那僧
任救赎自然而然地发生
在如水的寂静中
独自汹涌澎湃
月光里,再把那几根骨头
刷洗得干干净净

是时候该告别了
那些来了就不想再走的人
寄居的和尚用钟声来提醒你
时间到了。救赎已经发生

顶一炷香火

指引归处

为那些无家可归的人

展开万丈经卷

千年一唱

听得懂听不懂

只好用这撕裂的疼

把更深的痛给覆盖住

心 经

诵读
把满地的月光
读成古老的文字

把一念
读成光芒

把尘埃读成一个个透明的蝴蝶
在斗室里起舞

让字和字挨得紧紧的
声音的波浪
把世界推得远远的
包括爱恨

在最深的寂静里

打捞自己

等那束光线照进来
为我停住
并心意相通

如是我闻

把宇宙放回草尖
把大海放回露珠
把一世的喧闹放回花朵
让一切都安静下来
既不做狮子吼
也不说话
更不用拈花微笑

嘘,让最后一粒尘埃
也落下来,然后
把这巨大的虚空捧在胸前
倾听佛陀的心跳声
一下一下

把这虚空击得粉碎

阅读杨简

多么幸运,在一个春天的下午里和杨简相遇
阅读也是一种宿命,不论相隔几个世纪
这个宋朝老头在后来人的心头
用农人的方式手把手地教我们播种春天

"行有不得,反求诸己。"
在众人目光的尽头,坐在念头的最深处
守株待兔般静候一个真理的出现
用自己的办法去种植生命、打理生活
人只有在简单质朴中才可能变得纯粹

在春天里阅读有一个很大的风险
随着指尖的翻动,绿色在书斋里逐渐丰盈
抬眼望去,一帘春色,让我常常产生疑惑
是春风把绿色刮到了我的心里
还是一不小心,心中的喜悦把春天染绿

在微信里看王仁华的画

穿越时空。混搭春天和女人
钩住心事不放，在百年的时尚里思考
不出卖曲线。只用单色和麻布来烘托她们
朦胧和失落。从青春的门里向外张望

戏衣、团扇、如豆的灯火。让伤感成为情调
那眼神惊动了多少青春和爱情
无论是向前走，还是向后走
她们都心事重重，青葱得顾及不到肉体

一眼就把她们的心事看破。望穿百岁
在女人的身体上玩时间的游戏，不为穿戴
只为哀伤。把她们推向远处、更远处
留下春光秋色，在她们眼神里慢慢地流淌

何以蓝得连尘土都安静地落了下来

说了这么多，只不过想告诉你，没经历过漫长的冬季，你就完全体会不出，
春天被一口咬在嘴里的感觉

我想把自己化成黑土地上的黑，从此了无形迹，只剩下那一捧黑油油的亮

采摘的幸福，全在于你要弯下腰来，拜一拜这片黑土地

敝帚自珍,驾一阵清风骑行,把一条破扫帚骑出骑士的翩翩风度,在缤纷如雨中穿梭往复,用从枝头到地面的距离演绎完整的一生

只好用这撕裂的疼，把更深的痛给覆盖住

辑五

用泪水把一个名字擦亮
——谨以此诗献给英勇牺牲的邰忠利烈士

一

二〇〇九年八月九日

一个寻常的日子

寻常得连手表都没人去看一下

历史只能定格在这样模糊的时刻

下午四点多钟

在大兴安岭深处

在呼玛县城黑龙江边

一声凄厉的呼救

一个在江水中挣扎的生命

顷刻间

就把这平淡击得粉碎

历史又经常充满了巧合

一队巡逻归来的士兵
在50米之外
子弹般射向了事发地
6个兄弟当中
这个代理的排长
就像训练中的一次冲锋
以第一的时间和速度
纵身扑向了
那个在急流中挣扎的生命

没有丝毫的犹豫和彷徨
没有丝毫的胆怯和退缩
如一道绿色的闪电划过
这个异常闷热的夏日午后
用青春给绝望者以希望
用生命给惊慌者以力量
宽厚的肩膀如浮动的堤坝
一次次把生的希望托举
当战友们把落水者救出
回首望去

江面上
那份出奇的平静
让人惊恐
让人心痛
让人窒息

那一刻
黑龙江一江迷彩
兴安岭漫山翠绿

声声呼 声声唤
一个英雄的名字
那个 23 岁的蒙古族士兵
那个一米八〇的大个子班长
我们的好战友
邰——忠——利——
我们的好兄弟
邰——忠——利——

二

请大家原谅
最初,我也有着许多怀疑
对这个世界 我们
早已成熟得疑窦丛生
习惯已经长满了怀疑的目光
炒作把这个世界搞得乌烟瘴气
一个人和一条江的故事
自然可以人为地渲染
相对于一个生命的陨落
也可以算得上是一种告慰
我完全没有意识到
我像一个追风人
正急促地赶往风暴的中心
一个青年士兵
会给我和这个世界
带来怎样的心灵撞击

三

我不知道该怎样叙述
一个人和一个集体的关系
邰忠利失踪了
这个消息逼仄着一个个熟悉的战友
小心翼翼地守护着他们心中的希望
走向那个没有退路的悬崖绝壁
阴云 一点点 一片片地
飘落在战友们的心里

他刚刚探家归来
在军营这个特殊的节日里
战友们像迎接凯旋的将军
簇拥着多日不见的班长
那份战友之间的欢乐
就像他带回的牛肉干和奶酪
瞬间被战友们热烈地分享
昨日的奶香飘进今天的思念
逝去的欢乐停在记忆的深处

疼痛从最敏感处升起
柔软得让人不敢触摸

望着那张空空的床铺
窗外班长亲手栽下的菊花
守着一树火红的山丁子
思绪在夜幕下静静地绽放

他的呵护是轻轻的
轻得你没有一丝察觉
就像捡起夜里蹬掉的被子
把梦乡轻轻地给你盖上

他的关切是暖暖的
暖得你没有一丝抵抗
就像捧起全连那双出名的臭脚
用爱心暖暖地把你欣赏

他的情谊是真真的
真得你不会产生一丝怀疑

就像时刻把危险留给自己的排爆英雄
用最真最切的方式把你影响

他的爱恋是深深的
深得你没办法产生一丝拷问
就像一个熟练的老掏粪工
用最苦最累的奉献为你树立榜样

有时候 他是一团火
在血液中跳动并噼啪作响
青春如炬 哪惧地冻天寒
燃烧的冰雪照亮边关漫漫长夜

有时候 他是一块钢铁
根须深扎在这片绿色的海洋里
加钢淬火 哪怕筋骨俱碎
也要完成对自身的超越

有时候 他像一个音乐家
在紧张的训练中嵌入舒缓

十指轻弹 那种指挥的魔力
把枪炮都变成了可弹奏的旋律

有时候 他更像一个朝圣者
让思想变得纯粹并且虔诚
坚韧前行 哪怕路上血迹斑斑
也要完成对梦想和荣誉的追赶

他的双手总把力量传递
他的眼神总把慈爱流淌
他的歌声总把寂寞驱散
他的身躯总把风雨阻挡

他是一束阳光
目光里长满了温暖
手臂上开满了大草原的芬芳

他是一粒种子
把自己深深地根植于这片土地上
在殉难中获取向上的力量

他是一泓清泉
自然得无须去弹奏
生命的律动就在悦耳地作响

他是一个歌者
虔诚地敲打着自己的骨头
在成长的道路上放声歌唱

为什么班长悄无声息地走了
为什么走的偏偏是我们的邰班长
那个给新战士打水洗脚的班长
那个背着战友去看病的班长
那个要给我补过生日的班长
那个无微不至最会关心人的班长
那个住在一班下铺的好哥们
那个昨天还在开玩笑的好兄弟
那个不让你受一点委屈的人
那个像爹娘一样关心你的人
为什么
为什么

为什么

四

我不知道该怎样叙述
一个人和一个社会的关系
社会可以改变人 不知道
一个人是否也可以改变社会
孔子在两千年前教导我们
"君子讷于言而敏于行"
我不知道一个英雄的诞生
是不是社会呼唤的结果
我不知道孔子在两千年前
是否也曾教导过我们的英雄
是否也曾感动得泪雨滂沱

从营区出发 沿江而行
沿着邰忠利在边防线上走过的足迹
去寻找那一个个关于鄂伦春

俄罗斯 鄂温克的传说
去寻找属于他的平常生活
或者试图走进他的精神世界
十八站 察哈彦 羊草沟
下站 上站岛……
这一个个披着炊烟的小村庄
一个个临水而居的少女
眼里满含着泪花
为她们的英雄击水而歌

旭日
红云
披着轻纱般的雾霭
黑龙江在亘古流淌
一个时代在俯身鸟瞰
劈柴 扫院 担水
那个青年士兵
一头挑着新时代
一头挑着老传统
他用跨越时代的劳作

用父辈们最传统的方式
以认真得近乎宗教般的虔诚
为这些素不相识的老百姓
送去了久违的温暖和感动
"大爷、大妈,我们来了
你们就休息休息吧……"
朴实得就像自己的儿子
把房前屋后打扫得干干净净
渔民们拿出最好的江鱼
他却坚决地谢绝了
"你们多不容易呀,蚊叮虫咬
还是换钱维持生计吧!"
那份体贴和理解
让我更深切地感知到了
什么是精神的高贵
什么是行动的力量

比语言更闪光的是汗水
比本色更重要的是灵魂
比太阳更温暖的是情感

比金子更珍贵的是人心

有人说
做一件好事不难
难的是一辈子做好事

有人说
做一两件轰轰烈烈的事不难
难的是把小事都做到了极致

我说
无论大事还是小事
只要发自本心顺乎性情自然而为
都是人类闪光的脚印

一个人可以感动一个社会
一件事可以感动一个时代
一个英雄的壮举
该以怎样的感动
照彻我们的一生

那是一次肉体和精神上的双重洗礼

仪式在十八站鄂伦春敬老院举行

没有宗教上的繁文缛节

一览无遗展示给我们的

是一个士兵对老人们的孝敬

一个冬天没有洗澡了

在老人们的生活里

早已淡忘了

对水花的记忆

对温热的感受

池水如海　水花如雨

湿润的感觉让老人们心潮澎湃

青春岁月　落华纷纷

一池温水溅起几多感慨

没有嫌弃和厌恶

没有躲避和搪塞

一瓢盛着泼水节的欢乐

一瓢盛着海南岛的梦幻

阳光　沙滩　椰风　海韵

连同儿孙绕膝的天伦之乐

他把这一切做得得心应手
举手投足间呼风唤雨
闪转腾挪中换了人间
一个漫长的冬季在他的手上结束
春天沿着他的手臂提前到来

为什么他悄无声息地走了
为什么走的偏偏就是我们的郜班长
那个引得喜鹊欢叫的军人
那个逗得山花烂漫的战士
那个孩子们整天翘首盼望的叔叔
那个被老奶奶整天挂在嘴边的大个子
那个经常坐在院子里唠家常的好兄弟
那个火海中奋不顾身的好青年
那个跳入江中救起落水儿童的好战士
那个风雪夜护送迷路小学生的好心人
那个立下向雷锋学习誓言的人
那个决心走雷锋成长道路的人
为什么
为什么

为什么

五

我不知道该怎样叙述
一个人和这个世界的关系
只知道
一个人的离去
给这个世界带来了震撼
二〇〇九年八月十六日
邰忠利失踪后的第七天
英雄的遗体被俄方打捞上岸
一声苍凉的呼喊
穿透呼玛
在人们的泪光里
英雄打马而去
在山峰之上
在云海之上
远去的马蹄声

把一地的侥幸和希望
踏得粉碎

从贫困里长大的孩子
最懂得什么是珍惜和回报
上学路上
那个没有棉衣的冬天
让他更深切地感知到了
什么是温暖
什么人最渴望温暖
什么时候最需要温暖
以及温暖给予的一切细微感受
我不知道那个寒冷的早晨
他是怎么跨出家的门槛
我不知道在刺骨的寒风中
他是怎样挺起那幼小的脊梁
我不知道在大雪纷飞的时候
他是如何想象羽绒服的温度
我不知道他是如何小心翼翼地
保护好自己的尊严和善良

不受到命运的恶意伤害
我不知道
他是怎样做到的
在这个冬季里
把这些刻骨铭心的体验
轻易地转变成了人生财富
在伤害中把善良保护
在贫贱中把高贵喂养
在痛苦中把乐观培植
在战栗中把坚毅歌唱

他是一个把孝敬举过头顶的人
最后一次休假结束
已从家里赶到了车站
在送别的氛围中
他似乎又想起了什么
急急地赶回奶奶的病床前
俯身跪下
长头倒地
用最隆重的跪别

把忠孝双双演绎得淋漓尽致
既然不能在奶奶身边尽孝
那么就让这份情感储存发酵吧
在时间的酝酿下
飘散芬芳

在他的遗物中
有两瓶没有送出的蒙古酒
是他最后带给管大爷的礼物
那个常年生活在江边的渔民
那个被江风吹痛了双腿的渔民
那个已经远离情感多年的渔民
那个在江面寻找了七天七夜的渔民
那个沙哑着嗓音呼唤自己孩子的渔民
颤抖着把马奶酒倒进江中
两个空酒瓶
连同燃烧着的情感
被老人深深地揣进怀里
去倾听那属于他一个人的
遥远的心音

在空旷中
跳动

爱情已经敲门
在山坡之上
在峭壁之上
在人们的视线之上
达子香正静悄悄地绽放
一切来得都那么及时
及时得让人有些惆怅
仿佛在跟命运赛跑
那一树粉红的花朵
开得气喘吁吁
开得惊心动魄
开得疼痛般热烈
还没来得及品味和欣赏
那个凄楚的眼神
那个模糊的身影
随同飘落的花瓣
就以前所未有的沉重

砸
下
来

鞭梢让牧歌住进天空
嫩草让绿色住进风里
白云让羊群住进溪流
夜晚让马儿住进梦幻
大草原让那个到处播撒幸福的人
住进了我的诗歌

有谁比他更懂得
生命的庄严与凝重
有谁比他更懂得
生活的美好与憧憬
有谁比他更懂得
爱情的甜蜜与珍贵
有谁比他更懂得
青春的华美与恢宏

既然

阻止不了冬天

就做一盆给人温暖的炭火

遮挡不住寒流

就做一片给人诗意的飞雪

改变不了世界

就捧出一颗心去温暖这个世界

即便做不了灶前的炉火

也甘愿化一缕炊烟

在漫长的冬季里

缓缓飘过

为什么他悄无声息地走了

为什么走的偏偏就是我们的邰班长

那个披着朝霞一身阳光的人

那个一脸俊朗满身帅气的人

那个信守承诺、不忘友谊的人

那个遵从孝道、善解人意的人

那个让父母无比骄傲的人

那个让乡亲交口称赞的人

那个对自己近乎苛刻的人
那个对别人近乎无私的人
为什么
为什么
为什么

六

我不知道该怎样叙述
一个人和一个事件的关系
深入其中的缓慢过程
让我感到惭愧不已

人生涨满如弓
那是一张早有预谋的弓
那是一张流动着血液的弓
那是一张挂满了各种荣誉的弓
那是一张没有射手、没有箭镞的弓
贯穿了二十三年的生命张力

精准地射向事件的中心
生命的余音呼啸而过
并从此绵延不绝
但我却不清楚
生命的消逝
标志着结束
还是开始

广袤的大草原
请你告诉我
什么样的胸襟才叫开阔
清清的呼伦湖
请你告诉我
什么样的心灵才叫纯洁
巍巍的兴安岭
请你告诉我
什么样的身躯才叫挺拔
滔滔的黑龙江
请你告诉我
什么样的生死才叫壮烈

我不知道
肉体和灵魂的距离该怎样测量
有的人用一生的时间
也没有找到灵魂的归宿

我不知道
现实和梦想的距离该怎样测量
有的人赌上全部的青春
也没有学会驾着梦想去飞翔

我不知道
平凡和伟大的距离该怎样测量
有的人让平凡变得卑微而低下
有的人把平凡变得崇高而伟大

我不知道
瞬间和永恒的距离该怎样测量
有的人拥有一生
却只感受到了生死一瞬
有的人活得短暂

生命的长度却得到无限的延伸

我到处找不到他
沿着潮汐逆河而上
他的脚步比时间还快
一个居无定所的流浪儿
我差一点就抓到他了
他却笑着跑开
躲在故乡的背后
躲在草原的背后
在风里
他告诉我
土地怀孕的消息
我只好自己动手
把弄脏的衣服
洗了又洗

一盏灯灭了
满天的星星亮了起来
这是我的一个美好期待

也是许多人的一个美好期待
听从一颗星星的指引
夜晚深得不声不响
宁静而纯粹

所以
我们只能仰望
一个士兵的高度
一个灵魂的高度
一种精神的高度

多余的话

能出这本集子,我最想感谢的是微信这个好玩的新玩物。专辑一至四,收录的一百余首诗,都是2016到2017这两年间,顺手写在微信里的诗行。只有专辑五除外,这是早年写给一个烈士的一首长诗,收录于此,全当是一个老兵对一个英雄的遥远祭奠。

没有手机,没有微信,这些诗可能早就飘散零落了。没有手机,没有微信,没有朋友圈里的点赞,就很难有两年里坚持不懈的玩兴。

因是在微信里顺手写下,就有许多口语,难免泥沙俱下,经不得仔细推敲。生活在城市里的一个小院,过着平庸而琐碎的生活,所以就少有对宏大叙事的构筑与颂扬。写的多是一草一木,甚至于一座破败的农舍,一个农民工的午睡。

院小,只能看天看云,只能更多地投向那些卑微的事物,偶有发现,都是那些经常被人们忽略的些微细小,上不了台面,聊以自乐自娱。

写诗的日子,并不都是美好。但正是这一首首看似不起眼的诗行,却带给了我莫大的慰藉。在写的过程中,一草一木,一风一雨,入怀入梦,浪迹于春秋四季,戚戚然于悲喜之中,所写所录,均是我的生活。

没事玩玩微信也挺好,何必正儿八经地去当什么诗人,担什么大任。写写微信诗,把诗歌这家伙也拉下神坛,顺手给她找一条能够活下去的新路子,不也是个贡献吗?虽然谈不上什么功德,起码也算对得起一天的三碗米饭。

　　再说句闲扯的话,我写的时候也没太认真,所以你们读着也别太计较。开心就好,会心更好。为了回应一下本书的主题,最后再跩一句:识我者,当见群山万壑;知我者,可入层峦深云。

2018.1.12 于哈尔滨

图书在版编目（CIP）数据

只把背影与群山万壑留下 / 佟本正著. -- 哈尔滨：黑龙江人民出版社，2018.6
ISBN 978-7-207-11379-5

Ⅰ．①只… Ⅱ．①佟… Ⅲ．①诗集—中国—当代 Ⅳ．①I227

中国版本图书馆CIP数据核字（2018）第143875号

责任编辑：姜海霞
封面设计：佟本正

只把背影与群山万壑留下
佟本正　著

出版发行	黑龙江人民出版社
地　　址	哈尔滨市南岗区宣庆小区1号楼
邮　　编	150008
网　　址	www.longpress.com
电子邮箱	hljrmcbs@yeah.net
印　　刷	北京万博诚印刷有限公司
开　　本	787×1092　1/32
印　　张	9.375
字　　数	100千字
版　　次	2018年7月第1版　2021年1月第2次印刷
书　　号	ISBN 978-7-207-11379-5
定　　价	42.00元

版权所有　侵权必究　　　　举报电话：（0451）82308054